発達障害で
普通に生きられなかったわたしが
交際0日で結婚するまで

安藤まな

晶文社

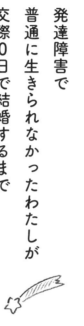

ブックデザイン　芥陽子
イラストレーション　おのしのぶ

まえがき

夜、暗くなったリビングで、精神科から処方された薬が大量に入った缶を開け、「ここにある薬全部飲んだら死ねるのかな」と考える。そんなことを考えてからもう何日が過ぎただろうか。気が付けば毎日毎日同じことを考えている。

生きることに希望を見出せない。

生きるのが辛く、なんで生きているのだろうかと考えてしまう。毎日死が頭をよぎる。それでも、缶の中の薬をすべて飲んでしまうことはできない。そのことが私を更なる絶望に陥《おとしい》れる。この苦しみから逃れられないのだという絶望に。

物心ついた頃から私は人とは少し違っていた。幼稚園の頃から集団には馴染《なじ》めず、一人で過ごすことが多かった。自分の気持ちを表出するのが苦手で、ほとんど何も喋らなかったから、友達はほとんどできなかった。ADHD（注意欠陥多動性障害《ちゅういけっかんたどうせいしょうがい》）によるところが大きかったのだが、それが分かったのは20歳になってからだった。周りとの違いを意識し始めたのは小学4年生のころだ。それから自分と周りの子の違いに戸惑いを感じるようになり、周りと馴染むことができない自分に嫌気がさすようになった。それと同時に様々なことが私の身に降りかかり、重度のストレスから強迫性神経障害《きょうはくせいしんけいしょうがい》を患った私は不登校となってしまった。

それからまともに学校に通えたことは一度もない。学校に通えなくなった私は普通の子ではなくなってしまった。普通に生きられないことに苦しみを感じるようになり、なんで私はこんなに辛いのに死なずに生きているんだろうと頻繁に考えるようになった。

心から楽しいと思えることも次第になくなっていき、幸せを感じることもできなくなっていった。自分が生きている意味がまったく分からなかった。よく家族に「今幸せ？」とか「人生で楽しいって思ったことってある？」とか「なんで生きてるのかな？」とか質問していた。家族はいつも反応に困っていた。死ぬことができないからなんとなく生きている、そんな人生だった。

「人生だった」と書いたのは、今はもうそうは思わなくなったから。

今は幸せを感じながら生きることができていて、「死にたい」と思うこともほとんどなくなった。なぜなら好きな人と結婚し、理解ある優しい人たちに囲まれて生活できているから。

この話は生きることに希望を感じることができず、生きていても幸せだと感じなかった私が、結婚をきっかけに幸せだと思えるようになるまでのお話だ。私が筆を執《と》ったのは、今生き辛さを抱えて苦しんでいる人たちに、結婚という一つのソリューションがあるということを伝えたいと思ったからだ。結婚したことで私の人生は一変し、苦しんでいたことのほとんどが改善されることとなった。

昨今は、自立しなければ生きていてはいけないという風潮が色濃く、なんでもかんでも自己責任だと簡単に片付けられてしまうような息苦しい世の中だ。もちろん、きちんと自立して生きていける人もたくさんいて、それは大変喜ばしいことだと思う。もし私も自立して生きていけたのならばそうしたことだろう。しかし、私にはそれがどうしてもできなかった。そして私のように、世の中に馴染めず、排除されてしまう人も少なからず存在するのだと思う。

そんな状況で苦しんでいる人たちに、この本を通じて「人に依存して生きること」の心地よさ、安心感、幸福感が伝わることを願ってやまない。

もくじ

第1章

どこにも居場所がなかった20年間のこと

就職しないと生きていけない

2016年の4月、私は大学の入学式を迎えていた。ここで頑張って卒業して就職し、普通の人生のレールに乗るぞという決意を新たにしていた。

私が思っていた普通の人生とは、学校にちゃんと通い、大学を卒業し、就活をして一般企業に就職するという人生だ。

私はその人生を歩むことしか頭になかった。その他の生き方なんて考えたこともなかった。就職をしなければお金を稼ぐことができず、生活していくことができない。だからなんとしてでも大学を卒業し、就職しなければいけないという思いだった。大学に通えなくなってしまったら普通のレールから逸れてしまう。そうしたら人生が終わってしまうと思っていた。

授業が始まった。私はクラスで一番一生懸命に授業を聞いた。退屈でつまらない話が多く、興味があまり持てなかったけど、他の子のように授業中に携帯をイジったり眠ったりすることなく、本当に真面目に授業を受けた。課題の量がかなり多くて驚いたが、それも期限内にすべて提出した。

大学では常に気を張っていた。大学の交友関係は最初が大事で、そこで失敗すると友達ができないまま4年間が終わってしまうこともあると聞いていたので、友達を作ることにも躍起《やっき》になった。夕方頃に大学が終わって帰宅しても課題が残っていて、毎日かなり疲れていたけど頑張って課題を終わらせた。

そうしている内に1ヶ月が経った。自分の中でかなり頑張れている感じがあった。この調子でいけば何も問題ない、そう思っていた。ただ、かなり精神的にも身体的にも疲れてしまっていたので、ゴールデンウィーク中は特に何もしないで休むことに専念していた。連休が終わって、また大学が始まったら頑張ろうと思っていた。しかし、私はこの後大学に通うことができなくなってしまったのだった。

ゴールデンウィーク明けの登校日、私は朝起きて普通に電車に乗った。ここまでは何の問題もなかった。そして、乗り換えの駅に着いた。降りなければ、と思った。でも、なぜか身体が動かない。行きたくないという気持ちが心を支配している。でも降りなければ。

こんなところで私の人生を終わらせるわけにはいかないのだ。

ここで頑張って普通の社会のレールに乗らなければ。

行かなければいけないことは頭では完璧に理解していた。行かなければ私の理想通りの人生を歩めなくなってしまうことが分かっていた。とても怖かった。何としても行かなければ。ずっと心の中で葛藤《かっとう》したけれど、ついに私の体が動くことはなかった。

しょうがないのでその日は大学に行かなかった。まあ、1日だけだろう。明日になったらまた行く気が起きる。今日はゆっくり休もうと思って家に帰った。

次の日、またいつものように電車に乗った。今日こそは大学に行かなければと強く思っていた。降りる駅になった。

しかし、やっぱり体が動かない。

それでも無理矢理にでも大学に行かないと……と頭では考えているのだが、体がまったく言うことを聞かない。どうしても歩き出すことができない。一体私はどうしてこんなことになってしまったんだろうと目の前が真っ暗になった。

結局その後1週間、私は朝起きて電車に乗るが大学に行くことができないという状態を繰り返した。この感覚は以前にも経験したことがあった。あれは私が小学生の時のことだ。

はじまりは学級崩壊

私が精神障害を発症し、学校に通えなくなったのは9歳の時だった。

小学4年生になり、担任の先生が変わる。青森県出身の22歳女性、要するに新任の先生だ。子ども好きで常に明るく、潑剌《はつらつ》とした先生だったのだが、新任だったためか、生徒が何をしても怒らなかった。生徒が何か悪いことをしてもあまりきちんと叱らずヘラヘラしていた。それでも最初の1ヶ月は特に何事もなく過ぎたが、2ヶ月くらい経ったころから地獄が始まった。

何をしても怒られないことが分かった生徒（主に男の子）たちは、授業中、先生の言うことをまったく聞かずに暴れ出し始める。

授業中、大声や奇声を発してみたり、先生をからかったり、教室内をウロウロしてみたり、遠くの席の友達のところへわざわざ行き、大声で話したり。

とにかくひどい状況だった。授業などまともにできたものではない。うるさくて先生が何を喋っているのかまったく分からない。私は授業をちゃんと受けたかったので、授業にまったくなっていないその状況はかなり辛かった。

それでもなんとか学校に通ってはいたのだが、ある日、私はついに学校に行くのが嫌だと言い出した。驚いた母親が訳を尋ねると、「N君に殴られた。また殴られるかもしれないと思うと怖くて行きたくない」と答えたらしい。それが不登校気味になる大きなきっかけになったようだ。私は殴られたことをもう覚えていないのだが、N君はキレると平気で他人を殴っており、担任教師にもそんな感じだったので、本当のことなのだろう。

N君は学年の一番の問題児だった。今から思うとN君にはADHDの多動性が顕著《けんちょ》に現れていた。とにかく授業中じっと座っていることができない。1年生のころから授業中しょっちゅう教室内を歩き回り、他の子にちょっかいをかけたりしていた。

また、他害の傾向もある子で、気に入らないことがあるとすぐに機嫌が悪くなり、他の子や先生にまで暴力を振るう。それ以外にも、相手の嫌がることをするのが大好きで、他の子が嫌そうな反応をしても、反応があったことに喜んでしまい、その行為を繰り返してしまうような子だった。平気で人を殴るので、私も他の子もN君を恐れていた。そして、恐れていた通り実際に殴られてしまったため、そのことがトラウマとなり、また殴られるんじゃないかという気持ちが私を支配し、学校に行くのも辛くなってしまったのだ。

それと同時に私を苦しめたのは中学受験だった。兄が先に中学受験専用の大手塾に通っていたため、小学校での成績が兄とあまり変わらなかった私は当然のようにそこに入れられた。しかし、私は兄とは違い、そこでの勉強についていくことができなかった。

自慢ではないが、小学校のテストではほとんど100点しか取ったことがなかったし、都の学力テストでも全教科90点以上は取れていた。小学校での勉強なんて楽勝だと思っていて、進みが遅すぎてイライラしたぐらいだ。小学校でも完全に一番頭がいいキャラとして過ごしていた。

それなのに、塾の勉強は全然できなかった。私は全然できないと感じていたが、客観的に見ると全然できなかった訳ではないと思う。しかし、常に100点しか取ったことのなかった私にとって、どんなに頑張ってもテストで50、60点しか取れないのはかなりの屈辱だった。

また、兄との比較もある。兄はその教室に通っている100人くらいの生徒の中で1番の成績をずっと収め続けていた。この塾は入塾の際にテストを行い、その成績順でクラスが決まるのだが、そのテストの段階で兄は1位の成績を確保し、当然のように一番レベルの高いクラスに配属されていた。この塾の全国の生徒全員が参加する模試で、20位以内に入って表彰されたこともある。

それに比べると、私の成績はなんともお粗末なものだった。まず、最初のクラス分けで上から2番目のクラスにしか入ることができなかった。そのクラスの中でも成績上位に入ることはできず、成績はずっと真ん中くらいだった。それに、塾に入る前はあまり頭のよさが変わらないと思っていて、周りにもそう思われていた兄とかなりの差がついてしまったことに戸惑いを隠せなかった。

授業では、先生の言っていることを理解できないことが多かった。小学校では授業で理解できない事柄なんて一つもなかったのに。先生が何を言っているのか、自分は何を勉強しているのか分からないまま猛スピードで進む授業はとにかく苦痛だった。

大好きなミルクティーとおにぎりがまずい

私はとにかく自分が惨めで惨めで仕方なかった。こんなに自分を惨めに思ったのはこの先の人生でもないくらいに。なんでこんなにできないのだろう、分からないことだらけ、理解できないことだらけなんだろうと途方に暮れていた。

塾に通うのも楽しくはなく、割と早い段階から辛くなっていたのだと思う。でも、その頃は「塾に通うことや、勉強しなければいけないことが辛い」とか「もうやめたい」

という感情を自分の中で感知することさえできなかった。とにかく「やらなければいけない」、「頑張らなければいけない」という強迫観念が私を支配していた。

そうやって辛い中頑張り続けてしまったことが精神衛生上よくなかったのだろう。私の精神状態はどんどん最悪な方向へと向かっていった。

勉強のこと以外にも辛いことはあった。徹底的な詰め込み教育だったから、平日は授業間の休み時間が10分しかなかった。その時間に母の作ったおにぎりを食べてお手洗いまで済ませなければならない。まだ小学生で食べるのも遅かったから、このことさえもかなり苦痛だった。

かといって、おにぎりを残すのは母に申し訳ないし、お手洗いに行かないわけにもいかない。おにぎりの味を楽しむこともできず、とりあえず口いっぱいに詰めて、大好きな午後の紅茶のミルクティーで流し込んで足早にお手洗いに行く。おにぎりもミルクティーも大好きで本当は美味しいはずなのに、塾で大急ぎで食べるそれらはまずくて仕方がなかった。

そんな状況の中、私は極度のストレスから強迫性神経障害《きょうはくせいしんけいしょうがい》を発症した。強迫性神経障害は、「重要ではないことと自分ではわかっているにもかかわらず、そのことをしないではいられない状態」のことだ。

強迫行動には色々な種類があるのだが、私の場合は、「鏡を見るのがやめられない」だった。

学校から帰って来るとずっと鏡を見ていた。洋服、被っているもの、髪型などを変えながら鏡を見続ける。自分でもやめたいのだが、やめることができない。やめられないのが嫌で泣きながらずっと鏡を見続けていた。

この時の気持ちを今でも少し覚えているのだが、鏡を見ていると「この姿の私が見られるのは今この時しかない」という強迫観念が私の中に押し寄せてきて、見るのをやめられなかった。やめようと思うたびに、脳が「この姿を見られるのは今この時しかないんだぞ」と話しかけて来るすごく嫌な感じだった。

泣きながらずっと鏡を見続けている私を心配した両親は、どうしたらいいか分からず、とりあえず小さい頃から通っていた小児科の先生に相談を持ちかけた。そして、その先生が独立する前に勤めていた大学病院の児童精神科を紹介してもらい、そこに通うことになる。そこでは毎回1時間くらい先生とカウンセリングをしていた。

最初は服薬治療と、鏡を見た回数や時間をノートに書いて先生に見せるというやり方で治療をしていた。ノートに書くことで、回数や時間が減ると、そのことが目に見えて分かるようになり、鏡を見る回数や時間が減っていった。

あとは、最もうるさくて耐えられない授業三つを保健室で勉強するようにした。そうすることで学校の中に少し逃げ場を作ったのだった。学校側の協力のもと、授業の最初に先生から課題を与えてもらい、保健室でそれを解いて提出するというやり方をしていた。

そんな最悪の4年生を終えて、5年生になると早速担任の先生が変わる。その先生はベテラン教師で、学級崩壊した後のクラスを鎮《しず》めることで有名な先生だった。私の兄もその先生に担任をしてもらったことがあり、どんな先生か分かっていたので、私は心底安心した。しかし、ここで安心するのはまだ早かった。

なくなってしまった私の居場所

その先生は悪いことをした子をきちんと叱ることができる先生で、怒ると結構怖かったため、4年生の頃とは違い、みんな座って割と静かに授業を受けられるようになっていた。クラスは、はたから見れば何も問題を感じないまでに落ち着いた。

しかし、元々聴覚過敏だった私は授業中の小さな音でも異様に気になるようになってしまっていた。小さな音とは、誰かが椅子を引く音とか、鉛筆を落とす音とかだ。その小さな音にすらイライラしてしまい、授業に集中できなくなってしまう。そんな状態だから、学校にいる時は常に何かにイライラしていた。中学受験の勉強も本格化し、そのこともかなりのストレスになっていた。

クラスはかなり落ち着いたにもかかわらず、5年生の1年間はほとんど毎日保健室登校していた。朝、教室に入ろうと思うと気分が悪くなってしまい、普通に登校することができなかった。とりあえず毎日大好きな保健の先生がいる保健室に、他の生徒に会わないように少し遅れて登校し、そこから出られそうだと思った授業だけ出るようにしていた。

受験勉強は真面目に頑張り、塾にはほとんど休まず通ったが、小学校の授業にはあまり出ることができないまま1年を終えた。6年生も担任の先生は同じだった。4年生の頃授業中に騒いでいた男子たちは1人を除き真面目に授業が受けられるようになっており、最後にやはりN君の問題が浮き彫りになっていった。

N君は、どんなに先生が厳しく叱ってもまったく言うことを聞かなかった。それどころか、逆ギレして、先生に反抗するようになっていた。N君は、嫌なことがあると保健室に逃げることもあった。4年生ごろまでは一緒に騒いでいた男子も、N君の異常性に気付き始め、周りには誰も居なくなり、孤立するようになっていった。

そして、6年生に上がったころから担任教師の態度も少しずつ変わっていった。今までどんな悪い奴でも言うことを聞かせることができた担任教師が、N君が言うことを聞かないことが原因でおかしくなり始める。

どういう風におかしくなったのかと言うと、何かと「連帯責任」という言葉を好んで使い、生徒を叱るようになったのだ。N君はどんなに叱っても言うことを聞かないため、

班など で（N君が原因で）問題が起こった時、班全員が悪いということになり、「連帯責任」を負わされて全員が怒られた。

それまで学校生活でほとんど怒られたことがなかった私は、理不尽に怒られることがかなりのストレスになった。

さらに最悪なことに、保健の先生も違う人に変わってしまった。それまでは少しできすぎではないかというくらい良い先生で、精神疾患にも理解があり、保健室を拠《よ》り所にしている生徒が私の他にも何人もいた。私は保健の先生が大好きで、4、5年生の時はその先生がいてくれたからなんとか学校に行くことができていたようなものだ。

それが打って変わって、病気の生徒にもまともに対応できないどころか、保健室をぐちゃぐちゃの状態のまま放っておくようなポンコツ教師になってしまった。これにより、私の小学校での居場所が完全になくなってしまったのだった。この頃にちょうど塾も辞めた。というか辞めざるを得ない精神状況に追い込まれたのだ。

ある日、塾に行くために家を出発したものの、塾の中に入ることを考えると気分が悪くなり、塾に足を踏み入れることができなくなってしまった。

そのまま街をウロウロと徘徊《はいかい》していたのだが、特にやることもなければ、外がだんだん暗くなってきて怖くなってきてしまったため、塾のあるビルに戻る。でもどうしても塾のあるフロアに足を踏み入れることができなくて、ビルの階段をウロウロしていたところを、行方不明になった私を探していた塾のスタッフに発見される。

スタッフに捕獲され、教室ではなく、いつもスタッフがいるところに座らされたけれど、もう塾という空間にいることすら嫌だったので、座りながらずーっと泣いていた。「これからまた塾に通わなきゃいけなくなるのかなあ、それだけは絶対に嫌だなあ」と思っていた。

塾が母に、私が無事に見つかったとの報告の電話を入れ、私も電話口で母と少し話をし、その後は一人でまっすぐ家に帰った。こんなことがあっても、母親はまだ塾に通わせることを完全に諦めてはいなかった。

私はこの頃、自分の感情が今どうなっているのかを感知することがまだ困難だったし、それを伝えることはもっとできなかったので、両親のなぜ脱走したのかという問いに対し、「勉強が十分にできていなくて、テストを受けるのが嫌だったから」と説明した。

脱走した日は授業ではなく、テストを受ける日だったのだ。母親はそれを言葉通りに受け取ったようで、「テストは延期になったから塾に通い続けるのは問題ない」と判断したみたいだった。

ただ、脱走時の私の異常な精神状態を察知した塾のスタッフと、私の父親、当時通っていた精神科医の必死の説得があり、母親も私を塾に通わせることをなんとか諦めたため、この塾は辞めることができた。

しかし、塾を辞めても母親は私に中学受験させることは諦めず、私は家庭教師を付けてもらうようになる。塾に通わなくなったことにより、きちんとした受験対策の勉強ができなくなってしまったので、受験する中学校のレベルを極端に下げ、母親の母校である中高一貫校を受験することにした。かなり偏差値が低い学校だったが、女子校で男子がおらず、雰囲気も落ち着いているため、地元の中学校に行くよりは遥かにマシだと思った母親がこの学校を私に受験させることを決めた。

塾に通えなくなった私はもうどこの中学校に進学すればいいのかまったく分からなくなってしまっていたため、母親の決断に従うしかなかった。その中学校は出席日数に非常に厳しく、出席日数の書かれた小学6年生の前期の通知表を提出しなければならなかったため、受験を決めてからは死ぬ物狂いで小学校に通った。

精神科の先生にさじを投げられる

なんとか前期を乗り切り、オールAで欠席日数も少ない通知表を獲得することができた。しかし、そこで精神的に限界を迎えた私は後期から完全なる不登校となる。この頃には4年生の時から通っていた児童精神科の先生にもあまりにも症状が酷すぎるということでさじを投げられていた。

どんな状態だったのかというと、私は家の中で暴れまわるようになってしまっていた。些細《ささい》なことで猛烈にイライラしてしまい、その感情を抑えることができず、叫びながら家の中にあるものを手当たり次第に投げたり、テーブルの上のものをすべて床に落とした挙句、そのテーブルさえもひっくり返すというような有様だった。あまり力がある方でもなかったのだが、怒りに任せて叫んでいると異様なほどの馬鹿力が出て、大きいテーブルでもひっくり返すことができるのだった。

ある程度暴れまわると落ち着くのだが、もうその頃には家の中はぐっちゃぐちゃの状態になっている。私は落ち着くとそのまま部屋に戻り、いつも親が家の中を片付けていた。不思議なことに、猛烈な怒りの波がおさまると、急に冷静になり、「なんでこんなことをしてしまったんだろう」と急に悲しくなったりするのだった。家を散らかしてしまった申し訳なさで、親と一緒に片付けをしたり、親が家にいない時に自分だけで片付けをすることもあった。

また、部屋にいると猛烈に将来に対する不安が押し寄せてきて、泣き叫ぶこともあった。これも一旦激情の波がくると抑えることができなくなり、泣き叫ぶしかなくなるのだった。

要するに自分の感情をコントロールすることがまったくできなくなってしまっていた。それまで自分の感情をずっと押し込めてきた反動なのか、感情の波が押し寄せると何も分からなくなって、ただ感情に従って叫んだり暴れたりしてしまうのだ。やってはいけないことだと分かっていても、その感情が理性を上回ってしまう。

このような行動は、社会から孤立し、誰とも繋がることができなくなってしまった人間が最後に起こす究極の行動なのだと思う。

私は不登校になったため、家族以外誰とも関わることができなくなってしまった。それでも誰かと「繋がっていたい」という思いは止まるところを知らない。

孤独なことは何よりも不安だ。他者と繋がるために暴れたり、自傷行為をしたりして、注目され、心配されることで安心感を得る。「私のことを気にかけてくれる人がこの世にまだいるんだ」という安心感だ。

結果、精神科に連れて行かれたり、カウンセリングに連れて行かれたりする。そこでまた他者と繋がることができる。究極の状態になってしまった人間にとっては、精神科医やカウンセラーでさえも繋がることで安心を得られる存在となるのだ。

精神科の先生は、突然「もう私の手には負えません」と言って治療をすることを諦めてしまったため、私の1年半にわたる通院は突如として打ち切られることになった。

しかも、その先生は次の病院も紹介してくれなかった。私の病状は今までで一番ひどい状態なのに。こんなひどいことがあるのだろうかと思った。父親はとんでもなく怒っていて、母親は途方に暮れていた。

どうしようもなくて、その先生を紹介してくれた小児科の先生にもう一度相談に行く。病院は紹介してもらえなかったが、有名な精神科医と繋がりのあるカウンセラーがいるカウンセリングルームを紹介してもらえた。

その小児科医は、自分の力ではその有名な精神科医と私を直接繋ぐことはできないが、この状態だったらカウンセラーによって繋げてもらえるのではないかという希望を託して紹介したのだと思う。何回か通うと、もくろみ通りその精神科医を紹介してもらうことができ、新たな児童精神科に通うこととなった。

その病院に通い始めることになった頃にはちょうど中学受験の直前になっていた。朝起きることさえままならなかったが、執念で朝起きて会場に行き、なんとか無事に合格することができた。

その後は中学に入学するまで、2週間に1回その病院に通った。毎日何時に起きて何時に寝て、その間何をしたかということを記録した紙を通院の時に先生に提出していた。薬も変わり、かなり強い薬を限界量まで飲むような生活になる。入院こそしなかったが、生活を管理されている感覚があった。

ぶり返した強迫行動

春を迎え、晴れて中学校に入学した。中高一貫の女子校だ。

といってもまったく「晴れて」という感じではなかった。精神状態は入学前の最悪な状態からほとんど改善しないままで、入学した後色々なストレスでまた病状が悪化した。入学してすぐに強迫行動がぶり返してしまったのだった。

今度の強迫行動は、「建設中のスカイツリーを見続ける」というものだ。実家の階段の踊り場からスカイツリーが見えたのだが、私が中学に入学する頃、ちょうど建設の真っ最中だった。あの時のスカイツリーは本当に凄くて、毎日少しずつスカイツリーが高くなっていっていた。それは目に見えて分かる程の変化だった。つまり、一日一日で形がどんどん変わっていくということだ。

この状態が強迫観念に拍車をかけたみたいで、「このスカイツリーの形態は今日じゃなきゃ見られないんだぞ」と脳が話しかけて来て、見るのをどうしても止められない。

私は昔から午後に精神が不安定になる特徴があって、特に夕方に症状がひどく現れた。朝と昼は明るく、夜は暗いだけなので、1日1回外に出てスカイツリーを見れば気が済むのだが、夕方は刻一刻と日が沈んでいって、その度に光の反射などで情景が変わる。それがとても気がかりで、日が陰り始めてから完全に日が沈むまで踊り場を離れることができず、ずっと泣きながらスカイツリーを見ていた。

学校がある日は毎日学校から帰ってきたらすぐにスカイツリーを見ることを始める。完全に暗くなるまで見るのをやめられなかった。休みの日は朝から晩まで、見たくなった時に踊り場に出てスカイツリーを見続けていた。多分合計したら1日に5時間くらいは見ていたのではないかと思う。

見る時に手すりから身を乗り出したりして危ないので、常に両親のどちらかが私を見張っていた。平日は父親が仕事でいないので母親が、休日は父親が見張りをしていた。

薬の量は自分の体重で飲める限界まで増やされ、それとは別に頓服薬《とんぷくやく》ももらっていた。

今から思えばあの頓服薬は睡眠薬のような、一時的に意識をシャットアウトさせるような薬だったのではないかと思う。液体で処方され、飲むのが苦くて大変だったので、オレンジジュースに混ぜて飲んでいた。平日に学校から帰ってきてスカイツリーを見ていると、母親がオレンジジュースに薬を入れたものを持ってきて、踊り場で毎日それを飲んでいるような状態だった。

学校が休みの日は一日中家にいるため、スカイツリーを見る時間がどうしても長くなってしまって辛かった。なので、少しでも家を離れようと思い、症状が一番酷い時に祖母と母親と弟と一緒に出かけたことがある。外にいればスカイツリーのことなど気にせず過ごせるのではないかと思ったからだ。

昼頃出かけて夜に帰ってくる予定だった。昼は何の問題もなく過ぎる。しかし夕方、カフェでお茶をしようと店に入った時に、自分の中にとてつもない不安が押し寄せてくる。「早く帰らないと夕方のスカイツリーが見られなくなる」という思いが私を支配する。頼んだものが到着さえしていなかったのに、私は帰らなくてはという気持ちが抑えられなくなり、祖母と弟を残し、母親とタクシーに乗って大急ぎで家に帰り、スカイツリーを見始めたのだった。

この出来事が私をさらなる絶望に突き落とす。外に行ったら気がまぎれると思ったのに、それさえも意味がないのかと思った。この苦しみから逃れる術はないんだなと思い、絶望的な気持ちだった。

嫌がらせが始まる

そんな調子だったので、学校でも少し言動がおかしな部分があったのだと思う。

入学して1ヶ月でクラスではほとんどグループができ上がっていたのに、私はどこにも所属することができないまま孤立してしまっていた。

私には仲良くしたい子がいたのだが、その子が入っているグループの子たちが私のことを気に入らなかったらしく、排除しようとしてきた。さっさと他のグループに移ればよかったものを、そのグループにこだわってしまったため、その間に他でもグループができあがってしまい、私はどこにも入ることができなくなってしまう。

そして、入学してから1ヶ月も経たないうちに私が入りたかったグループの子たちによる嫌がらせが始まった。気に入らないのに仲良くしようとしてくる私が鬱陶《うっとう》しかったのか、徹底的に私をグループから排除しようとしてきた。この頃は近付こうとすると拒否される程度だったのだが、最初の中間テストで学年1位を取ってしまったことから、私への嫌がらせはエスカレートする。

私が授業中に発言すると、ヒソヒソ笑われたり、聞こえる声で悪口を言われたりした。お手洗いに立った時に私の席とその周りの席を占領し、私が帰った時に座る席をなくして私の反応を楽しんだりもしていた。聞こえる声で悪口を言われるというようなことも多かった。毎日のように何か悪口を言われたり、バカにされて笑われたりしていた。

そのうち、私は自分の意見や思っていることを何も言わずにただ黙ってその場をやり過ごすような人間になっていった。

病院では診療の最後に必ず精神科の先生に「入院してく？」と言われていた。その先生は本当に重篤な精神病患者しか診ていない先生だったので、診察で雰囲気がものすごく暗くなってしまわないようにわざと少しおちゃらけて話すのが常だった。精神科医にはそういう人が多いらしい。

だから私はその頃はただの冗談だと思っていたのだけれど、医者と親からすれば8割方本気だったみたいだ。

入院とは、もちろん閉鎖病棟への入院のことだ。

そこは児童精神科では結構有名な病院で、閉鎖病棟を持っていた。私は中学校に通いながら通院していたので、基本的に夜の19時以降に予約をとっていたのだが、診療を待っている間に、男の子の大きな叫び声が聞こえたり、閉鎖病棟に精神科医が大慌てで走って向かったり、泣きじゃくっているパジャマ姿の女の子が医者と看護師に両脇から支えられながら病院内を歩いたりしているのを目にしたこともあった。そんな状況を目の当たりにしても、当時の私は閉鎖病棟がどんな恐ろしい場所なのか想像することさえできなかったけれど、今になって、もしあの閉鎖病棟に入れられていたらと思うとゾッとする。

通っている中学校に通えなくなるのが嫌だったから私は断固として入院を拒否していた。今から思い返すと、中学校に通うとかいう次元じゃなく、本人と家族が普通に安全に生活していけないほど最悪な精神状態だったのだが、私はそれに気付いていなかった。

中学校に通えなくなったら人生が終わると思っていて、そこが何よりも肝心だと思っていた。どんなに酷い状況でも、とにかく中学校に通うということしか頭になく、そこだけにずっと意識が集中していた。「通わない」という選択肢は私の中には無かったし、毎日中学校に通うことで頭がいっぱい、体力も限界で、それ以外に何かを考えることができなかった。

みんな同じじゃないと不安

この頃、私は生きるのがとても辛かった。まず学校に通うのが辛いのに、放課後や休みの日に勉強しなくては、という強迫観念に常に晒《さら》されている。その上、やれ部活をやれ、やれ趣味を見つけろ、やれ運動をしろと言われる。私にはそんな体力はない。

学校に通っているだけで精一杯で、それさえもままならないのだ。それに加えて将来への言いようのない不安というのが常に心を支配していた。「こんなんじゃ将来生きていけるはずがない。どうしよう」という不安でいっぱいで、部屋で一人、泣いたりもしていた。

将来が不安なら現在を変えていくしかないのだが、私には現在を変えていく精神力も体力もなかった。とにかく毎日学校に通う。それだけで心も体も限界だった。アルバイトもできないので、お金を稼ぐことも、稼いだお金を使ってストレスを発散することもできない。とにかく学校に通うことで一日一日をやり過ごすしかない。

不安や強迫観念を心に抱え続けたまま学校に行き、嫌がらせを受けながらも、仲の良い友人数人と話したり笑ったりふざけたりすることで不安な気持ちを昇華させる。そんな日々だった。

寝る前に薬を飲むのだが、ほぼ毎日「生きるの辛いなあ。この薬全部飲んだら死ねるのかな」と思っていた。

中学校というのは逃げ場がない。自分自身も思春期のドロドロしたものを抱えながら、同じくドロドロしたものを抱えた同い年の子どもたちと、そのドロドロした感情が渦巻いている学校に通い続けなければならない。そこから嫌がらせ、いじめなども発生する。

しかし、その中でもとにかくその日々をやり過ごしていくしかない。その道から逸《そ》れることは許されないのだ。

私は中学校というもの自体が嫌いだ。私の通っていた中学校以外でも、どの中学校に行っても同じようなものだったのではないかと思っている。

とにかくみんな精神が未熟すぎるのだ。みんな他人との違いを許容することが絶望的にできない。みんな同じでなければ不安で不安で仕方ないのだ。その不安から少しでもみんなと違っている子を攻撃する。攻撃することで仲間との連帯感を得る。そんな場所だった気がする。

そんな中でも少しの希望はあった。私と仲良くしてくれる子もいたのだ。私が一番覚えているのは、「ひーちゃん」と呼んでいた女の子のことだ。彼女は明るく面白くて、私に嫌がらせしてくる女子とも仲良くできるのだが、どこか陰がある不思議な子だった。ひーちゃんとは、帰りの電車が同じ路線だったことで仲良くなり始めた。最初は彼女の話を一方的に聞いているだけだったのだが、この子は話しても大丈夫そうだなと思ったので、私からも話すようになった。もう一つ仲良くなったきっかけがあって、それは彼女が立ち上げた同好会だった。

彼女は1年生の最初のころに、賛同してくれる子たちと、高校生の先輩と園芸同好会を立ち上げていた。ひーちゃんのクラスの担任がちょっと変わっていたのだが、その先生が園芸好きだったので、その活動を手伝うという意味もあったのだと思う。立ち上げる時は面白がって賛同してくれた子も先輩も、活動が地味だったからか、だんだん参加してくれなくなり、ほとんどひーちゃん一人で細々と活動していた。

そこに、少し仲良くなった私が招待されたのだ。私は精神状態が不安定で、とても部活動なんかできる状態ではなく、何も部活をやっていなかったので、ちょうどよかったのだろう。活動量もさほどなかったし、勉強以外特にやることもなかった私は参加することにした。活動といっても、敷地内にあるお花に水やりをしたり、時々寄せ植えをして校内に飾るというような地味なものだった。しかし、この同好会でまだ少し活動してくれていた子たちはみんないい子で、とても居心地がよかった。

もう一人覚えているのは、「かす」と呼んでいた女の子だ。彼女はなぜか入学当初から私のことを気に入っており、朝会うと、「まな〜〜」とか言って抱きついてきたりする、ちょっと変わった女の子だった。私は昔から一部の人に熱狂的に好かれるタチらしい。周りの子はレズだとか言って嫌がっていたのだけど、私は別に嫌ではなかった。その子は私のことを気に入ってくれていたので、嫌がらせが始まっても関係なく私に話しかけてくれて、仲良くしてくれた。嫌がらせに落ち込んでいるといつも励ましてくれるのだった。同好会の立ち上げメンバーでもあったのだが、活動にきちんと参加してくれていて、しかも帰りが同じ路線だったのでよく一緒に帰った。

その二人と私を中心に比較的成績のいい子たち数人で同好会の活動をしていた。夏休みには大した活動もしないのに水やりのためだけに学校に集まって、水遊びをしたり、家にいたら勉強しないからとみんなで学校に集まって勉強したりしていた。

勉強しに集まると言っても、みんなすぐに勉強に飽きてしまって、黒板に落書きして遊んだりしていた。そんな時にたまたま前を通りかかった体育教師に「勉強するっていうから教室貸してやってんだぞ、勉強しないなら帰れ！」と怒られてシュンとしたりした。

A組とB組の2クラスしかなかったのに、ひーちゃんとは3年間クラスが別だったので、休み時間によくピロティーに出て、土ふるいをしながら将来の不安とか学校の不満とかを語り合ったりもしていた。

ピロティーは先生たちも通るので、数学教師に「お前ら、またやってんのか」と呆れられたりもした。別に土ふるいがしたくてやっているわけではなかった。土ふるいという口実を作って、A組B組関係なく仲の良い子たちと集まって話すのが楽しいからやっていたのだった。

予想だにしなかった高校受験

私の通っていた中学校は高校と繋がっていて、高校には特進クラスというものがあった。私が仲良くしていた子たちはみんな成績がよかったので、その子たちと一緒に特進クラスに入るつもりでいた。

そうすれば嫌がらせをしてくる嫌な子たちは全員別のクラスになり、嫌がらせを受けることがなくなる。そうして、仲が良い子たちだけに囲まれた楽しい高校生活を送るのだと思っていた。しかし、この幻想は崩されることとなる。

中学3年生になると、私と仲良くしていた子たちがほとんど全員「高校受験をする」と言い始めた。学校の教育のレベルがかなり低く、特進クラスに進んだとしても、大学受験で行きたいところに行けなそうだと判断してのことだった。中高一貫校だったので、先生や友達にも言いづらく、前から高校受験を考えていた子たちも宣言するのが遅くなり、ギリギリのタイミングになったのだった。

最初に友達の一人が担任教師に高校受験することを伝えたと人づてに聞いたのは3年生の5月ごろだった。そしてその話を聞いた教師はやはりいい顔をしなかったようだ。

その一件を皮切りに友達は口々に「高校受験する」と言い始め、着々と準備を進めていく。青天の霹靂《へきれき》だった。私は高校受験などまったく考えておらず、そのまま特進クラスに進学する気でいた。

しかし、友達が全員受験をしてしまうと、特進クラスに私に嫌がらせをしてきた女子が入ってくることになってしまう。それは絶対に嫌だった。嫌がらせしてきた女子と別のクラスになれるから高校に進もうと思っていたのだ。

私は焦った。急に将来について考え直さなければならなくなってしまった。

悩んだ末に私が出した答えは「私も高校受験する」ということだった。友達が出て行ってしまうのだったら私が学校に残る意味なんてまったくないと思った。

ようやく決断ができた頃には8月ももう終わりに近づいていた。塾にさえ入っていなかった私は、9月からは塾に入って本格的な勉強を始める。それまで受験用の勉強をまったくしていなかったため、入塾の際、今から5科目受験をするのは厳しいだろうと塾長に言われた。3科目で受験できる私立高校に狙いを定めた方がいいというアドバイスに従い、私立高校だけを受験することにした。それと同時に滑り込みで秋の学校説明会に足を運び、実際に受験する高校を決めて行った。

そんな中、高校受験をする子の一人が第一志望にしている高校の話が耳に入ってくる。その高校は公立の国際系の高校で、入試も英語に特化しているため、3科目で受験ができるという高校だった。英語の入試問題は自校作成でかなり難しいのだが、数学と国語は公立の他の高校と変わらない問題とのことだ。

私はこの高校のことが少し気になり、母親に話してみた。母親には「まなにぴったりじゃない！ 受験してみたらいいんじゃない？」と言われた。私は英語が一番得意でかなり自信があった。しかも3科目で受験できるという確かに私にピッタリの条件だ。受けてみるのもアリだなと思った。

ただ、この学校はかなり人気があって、偏差値が高い上に倍率が公立では異例の4倍にも達するという学校だった。塾の先生にも相談してみたところ、可能性がないこともないが、かなり厳しいだろうと言われる。

しかし、私はこの高校を受験することに決めた。元々私立に入る予定だったし、お試しで受けてみて受かったら入ろうということで両親とも塾とも話がまとまった。9割方落ちること覚悟で、受かったらラッキーくらいの気持ちで受けようということになった。

話がまとまった頃にはもう11月になっていて、学校説明会もすべて終了しており、一度も学校を見学しないままの受験となった。受験した私立高校3校にはすべて合格し、安心しきった状態で最後の公立高校の受験に臨んだ。私立の受験が終わってからこの高校の対策をしたので、みっちり勉強できたのはわずか2ヶ月くらいだった。しかも9割方落ちるだろうという気持ちだったので受験の時もあまり必死さはなかった。

結局、私はこの公立高校に合格してしまう。にわかには信じられなかった。本当に私が合格でいいのだろうかという気持ちだった。ただ、私はもし受かったならこの高校に入学すると心に決めていた。

理由はこの高校が受験した高校の中でずば抜けて偏差値の高い高校だったからだ。中学校のことがあり、私は自分のレベルと合わない子たちと一緒に過ごすことにうんざりしていた。自分と同じか、もっとレベルの高い子たちと切磋琢磨《せっさたくま》する学校生活を送りたいと思っていた。だから私はこの高校に進学することにしたのだった。

しかし、高校生活は最初から順調とは言えなかった。在学生の異様なテンションの高さに最初からやられていた。

事前の見学を一切しなかった私は、入学式の次の日に行われた新入生歓迎会で、すでにこの高校の異様さを思い知ることとなる。新入生が入場する際に、在校生が「入学おめでとう!!」「ヒュー」など口々に叫ぶ。様々な部活が発表を行うのだが、部員の友達が、友達の名前を大声で叫んで応援する。体育館には常に歓声が飛び交う。黄色い歓声も聞こえる。極め付けは校長先生の下の名前を呼び捨てで叫ぶという有様だ。まるでフェスのような雰囲気だった。

その後も1週間くらいは学校全体がお祭り騒ぎで、休み時間には在学生が新入生の教室に入って来ては騒いだり、ライブしたりして帰って行くのだった。私はなんだここは……本当に学校なのか……と思っていた。

学校にいる間は心が休まることがなかったので、終わると即座に家に帰って休んでいた。そんなお祭り騒ぎの中、4月で疲れ切ってしまった私は、ゴールデンウィーク中は毎日実家で泥のように眠っていた。体力的にもう限界で、実家で眠る以外何もすることができなかった。

長いと思っていたゴールデンウィークは何もしなかったにもかかわらず、すぐに終わってしまう。そこから学校の雰囲気に馴染めなかった私の欠席日数はどんどん増えて行ったのだった。

気がつくと週に1日は必ず休むようになっていた。自分でもどうしたらいいのかまったく分からなかった。体力が無さすぎて、週5日学校に通うことがどうしてもできないのだった。

「なんで学校来ないの？　意味分からないんだけど」

2年生になると、更に欠席日数は増えて行った。週に2、3日は休むようになる。周りの子は不思議に思っていたのだろうけれど、触れてくる子はあまりいなかった。

たまに「なんで学校来ないんだよ〜」と軽い感じで聞いてくる子はいたけれど、真剣に聞いてくる子はいなかった。高校生となればもうみんなそれなりに大人だし、腫れ物に触らないようにという感覚だったのだろう。

ただ、私が結構仲良くしていたSちゃんは違った。Sちゃんはアメリカからの帰国生で、思ったことはなんでも口にしてしまうタイプの子だった。2年生になり、1年生の時の仲良しグループの内、クラスに私しか残らなかったSちゃんは私がいないと話す人がいなかったのだろう。

高校2年生の4月、授業が始まる前に「なんで学校休みがちなの？　意味分からないんだけど。理由は？」と聞いてきた。

ただ単に疑問に思ったことを聞いただけなのだろうが、聞かれた私はとてつもなく辛かった。なんでそうなってしまうのかなんて、自分でも分からない。ただ、みんなと同じように朝起きて休まずに学校に通って、部活とかをして、休日は友達と遊ぶというごく当たり前のことが、私にはどうしてもできない。

そのことと、それに対する周りからの視線が、どれほど私を苦しめただろうか。理由が分からないから、対処のしようもなくてもう本当にどうしようもない。

当時はそのことを言葉にして責められるのが一番辛かった。この時も咄嗟《とっさ》に泣きそうになったが、周りに人がたくさんいたので、こらえようと必死になった。

休み時間中はなんとか我慢したものの、授業が始まると、たまらなくなってきて、涙がボロボロ溢れて止まらなくなった。席に座っていたので、幸いにも私の顔を真正面から見られるのは先生だけだった。

先生は私が泣いていることに気付いていたので、振り向かないように教壇まで足早に歩いて、「保健室に行っていいですか」とだけ先生に聞いた。頭で何回もシュミレーションしてから行ったはずなのに、涙のせいで掠《かす》れた声しか出なかった。

それでもその先生は「いいですよ」と言ってくれ、誰もいない廊下を足早に保健室まで向かって歩いた。保健室に行って、着任したばかりの保健の先生と、たまたまいた家庭科の先生に話をしたが、話している間も涙が止まらなくて、嗚咽《おえつ》を漏らしながらしゃべっていたので、何をしゃべっているかよく聞き取れなかったと思う。泣きながら、なんで自分はこんなにもみっともなく大泣きしてしまうのか、その時は分からなかった。

今になってみれば、「なんで学校こないの?意味分からないいんだけど。理由は?」とはっきり言葉にされてしまったことがこたえたんだろうと思う。みんな大体同じ様なことを思っていることは分かっていたし、そんな私を変に思う周りの視線には耐えられるようになっていた。

しかし、それを言葉にされてしまった時、その暴力性が明確になった感じがした。視線とか違和感とかは、それが実際に他人のなかに存在しているのか分からないけど、言葉にされるとそれが明確になってしまうため、そのことがとても辛かったのだろうと思う。

学校は来るのが当たり前

この年の秋、保健の授業を欠席してしまったため、体育教師にプリントをもらいに行った時にも、やりとりの最後に「まあ、学校は来るのが当たり前だからね」と吐き捨てるように言われて、バタンとドアを閉められたことがあった。この時も自分が惨めで仕方なくなって、日が落ちかけた廊下で一人で泣いてしまった。

プリントをもらいに行くとか、ノートを写させてもらうとか、私にとってはすごく心に負担がかかることだ。ものすごい時間「嫌だなあ」と思いながらも、普通の社会のレールに乗るために心を押し殺して必死で頼っているのに、普通に生きられる人にはその感覚がまったく理解できないんだなあと思った。

他の体育教師も休みがちな私に対して、授業の出欠確認の際に「またいないの、あの子。ほとんどいないじゃん（笑）」と言っていたというのを人づてに聞いた。

どうして休みがちなのか理解できないし、存在として下に見ているから、ひどいことでもなんでも言えてしまうのだなと思う。その一言で私がどれほど苦しむのか、それを想像しようとすることさえしていないんだろう。

まあ、普通に生きられないで他人に迷惑をかけてしまう私も悪いので、なんともしょうがないのだが。

そんなこともありながら、ギリギリの出席日数でなんとか2年生を終え、単位もフルで取得した私だったが、そこで限界が来てしまい、3年生の4月からほとんど学校に通えなくなってしまった。

私はついに両親に「学校を辞めたい」と申し出る。両親とは揉めに揉めた。もうほとんど学校に行けなくなっていたことは両親も分かっていたが、何とか頑張って通い続けて欲しいと言われた。

しかし、私は申し出から1ヶ月間ほとんど学校に行くことができなかった。両親はさすがに諦めざるを得なくなったが、辞めたとして次にどうするのかが問題となった。両親は、私に大学に行って卒業して就職して欲しいと思っていたため、とりあえず高等学校卒業認定試験を受けて大学受験するということで話がまとまりかけた。

そんな中、高校の担任と学年主任と私の両親と私の5人で面談をすることになった。

高校を辞めることに関しての面談だったのだが、そこで担任教師に通信制高校という選択肢もあるということを教えてもらった。

私の高校は単位制で2年間頑張って通い続けたことでかなり単位を取得することができていたので、あと数単位を通信制高校で取得すれば高校を卒業できるということだった。私の取得単位数からすると、通信制高校の方が楽に高卒の資格を得られるだろうと言われた。

早速母親が通信制高校について色々と調べ始めた。私自身よりも親の方が真剣だった。母親が調べて探して来た私立の通信制高校が、実家からバスで通えるところにあったので見学に行くことにした。見学に行くと、本当にあと数単位取得するだけでよく、課題を提出すれば週2日のみの通学で卒業できるということだった。事務の人や教員も優しく、雰囲気も悪くなかったため、そこに通うことを即座に決めた。

普通のレールに乗らないと生きていけない

私はこの頃将来について具体的には何も考えていなかった。やりたいことも何もなかった。ただ、普通の社会のレールに乗らないと生きていくことができないと思っていたので、なんとか高校は卒業しようと思っていた。

大学は正直行っても行かなくてもどっちでもよかった。学びたいこともなかったし、そこまで頭がいいわけでもなかったので、行って意味があるのかなあなどと考えていた。

ただ、通信制高校卒業のまま就職するとしてもいいところには就職できないだろうなあと考えており、両親に大学に通うことを強く勧められたので行くことにした。

中高一貫校を中学で辞め、高校も途中で辞めて通信制高校を卒業するというツッコミどころ満載の履歴書が社会に通用するわけないと思っていたこともあり、大学に入って死にものぐるいで頑張って卒業すれば、それまでの経歴をとやかく言われることもなく就職できそうだと考えたことも理由の一つだ。

大学受験をするために夏には個別指導の塾に通い始めた。それと週に2日しか学校に通わなくなったので、週5日でアルバイトを始めた。一日中家にいても勉強する気が起きないため、朝から数時間働いて、帰って来て午後から受験勉強をする生活をしていた。そして休みの日は学校に行く。そんな生活を数ヶ月続けた。

受験の直前はアルバイトを辞め、一日中勉強できるようにした。ただ、心から大学に入りたいと思っていなかった私は、あまり勉強に身が入らず、数時間勉強するだけという日が多かった。

その結果、第一志望には受からず、第二志望の大学に入学することになる。

しかし、自分の中で悔しさは特になかった。あまり勉強しなかったのだから当たり前だと思っていた。私には自分の人生がなぜかどうでもいいことのように感じられるのだった。目標のために頑張って生きるということがまったくできておらず、ただなんとなく普通の社会のレールに乗るために生きているだけだった。

第2章

しょぼい喫茶店に行く

大学さえ卒業できれば普通のレールに乗れる

大学に通って卒業することは私に残された最後の希望だった。

就職する際に聞かれることは大体が大学でのことだ。それ以前の学歴や学校生活については あまり詳しくは聞かれない。頑張って大学さえ卒業できれば、これまでの私の散々な学校生活も社会的には特に問題が無いことになり、普通の社会のレールに乗ることができると思っていた。だから大学はなにがなんでも卒業しようと心に決めていた。

しかし、張り切る心に体はまったくついてこれなかった。私はわずか1ヶ月で大学に通えなくなってしまう。目の前が真っ暗になった。なんとか頑張って大学に行こうと思って家を出ても、一向に教室に足が向かないままむなしく時が過ぎていく。

大学に行けなくなった私は早くもこれからどうしようか考えなければならなくなった。1人で悩むのではなく、親に相談するべきだったのかもしれない。

ただ、私は親に相談するということはどうしてもできそうになかった。「これからの人生どうするの!!」と叱責《しっせき》され、罵倒《ばとう》され、最悪家から追い出されてしまうかもしれないと思った。本来なら親とぶつかってでもその先のことを一緒に考えなければならなかったのかもしれないが、親が感情的になり、冷静にその先のことを一緒に考えるまでにものすごい時間がかかりそうなのが目に見えていたので、私は親に相談することができなかった。

また、この時は私の中でまだ大学に通うことを完全には諦められていなかった。なんとなく行く気が起きなくなってしまっただけで、時間が経てばもしかしたらまた通えるようになるかもしれないと勝手に自分に期待していた。行けなくなってしまった理由がよく分からなかったからだ。

だから私はとりあえず親にバレないように大学に行くふりを続け、その間に大学のカウンセリングセンターに通い、なんとかまた大学に通えるように持って行こうと考えた。

大学に行くふりは本当に大変だった。うちは私を含めた5人家族で、母と父と兄と弟と一緒に暮らしていた。父は会社員で、朝出社したら夜まで帰って来ない。兄と弟もまだ学生だったので、朝学校に行き、夕方頃帰ってくる生活をしていた。行くふりをする時に一番大変だったのは母にバレないようにすることだった。

母はパートに行っていたのだが、週4日しか出勤していなかった。土日に出勤することも多く、平日の2、3日はほとんどずっと家にいる生活をしていた。つまり私は平日週に最低2日は大学が終わる時間まで外で過ごさなければいけないことになる。

そう考えると行くふりは非常に大変だったが、親に大学に行けていないことがバレるよりはマシだと思った。大学に通えなくなったことが親にバレることだけは絶対に避けたかった。

実際にどうしていたかというと、まず朝起きて大学に行く電車に乗る。私が通学に使っていた電車は最寄駅から始発の電車が出ていた。東京の通学、通勤の時間帯の電車はどれも混雑していたけれど、始発の電車が出ていたおかげで毎朝駅のホームで少し並んでいれば確実に座ることができた。

そしてその電車でまず神奈川県にある終点の駅まで行く。終点まで行くと1時間半程時間が潰せる。そして終点で逆方向の電車に乗り換え、また1時間半程かけて最寄の駅まで帰っていた。

電車に乗っている間、何をしていたかというと、ほとんど寝ていた。朝起きるのが極端に苦手で、朝は眠くてしょうがなかったので、毎日電車で寝ていた。一度乗り換えするために起きるのだが、私の眠気は強烈で、乗り換えてまた電車に乗っても眠れることが多かった。眠れない時はただボーッと窓の外を眺めていた。

母がパートで出かけている時は家に誰もおらず、この方法で家に帰ると母はもう出勤しているので、家に直行で帰っていた。母が家にいる時は家に帰ることができないので、ショッピングモールの中の椅子で漫画を読んだりスマホをいじったりして時間を潰していた。一日を潰すのはすごく大変だったので、大学に完全に通えなくなる前、ゴールデンウィーク中に始めていたパン屋のアルバイトに行っていることも多かった。私は昼からのシフトが多かったので、電車で帰ってきた後、少し時間を潰してからアルバイトに行っていた。

大学に通えなくなってすぐに通い始めたカウンセリングセンターでは、授業に出席することができなくなってしまったことや、90分間集中して授業を聞くことができないことを相談した。

私の一番の悩みは90分間集中して授業を聞くことができないことだった。最初は真面目に話を聞いているのだが、40分くらいすると、意識がどこかに飛んで行って、まったく違うことを考え始めてしまう。この状態になると、教授の話がまったく頭に入ってこなくなってしまう。

しばらくすると意識が飛んでいたことに気づき、また教授の話に集中し始めるのだが、一度意識が飛んでしまうと、その後ずっと教授の話に集中することができず、意識が飛んだり戻ったりを繰り返す。その結果、授業を真面目に受けても教授が何を話していたのか半分くらいしか分かっていない状態になってしまうのだった。

意識が飛ぶのも辛いのだが、90分じっとしているのもなかなかに辛かった。

特に興味がなく自分にとって何の面白みもない話を90分座って聞かされるのはかなりの苦痛だった。諦めてスマホでもいじっていればよかったのかもしれないが、常に気が張っている状態だったのでスマホにも集中できそうになかった。1コマ無事にやり過ごすだけでも大変なのに1日に4コマもあるのは精神的に非常にキツいものがあった。

カウンセリングセンターで授業に出席できなくなった話をすると、すぐさま出欠確認シートを渡されて、そこに自分が取っている授業名と授業がある日付を書かされた。出席できたかどうかを◯×で書いていき、1週間に1度カウンセリングセンターで確認すると言われた。

私はこんなことで出席できるようになるのか非常に不安だったが、カウンセラーによると「出席できたかどうかを可視化することで行けるようになる子も大勢いる」とのことだった。仕方ないので私はその意味のなさそうな出欠確認シートを書くことにした。

なんとかまた大学に通えるようになりたいとの思いが強かったので、その解決の糸口になればという思いでカウンセリングセンターにはちゃんと通い、言われたことはきちんと守っていた。

しかし、その後もまったく授業に出ることはできなかった。特にカウンセリングを受けた後の授業は、せっかく大学に辿り着いていることだし、なんとか出てみようと思うのだが、教室の前で足がすくんでしまいどうしても中に入ることができないままだった。

初めて知ったＡＤＨＤという発達障害

そうして1ヶ月が経った頃、私はカウンセラーにＡＤＨＤではないかと言われるようになっていた。授業には一向に出られるようにならなかったので、カウンセラーには日常で困っていることや授業の何が辛いのかなど色々話していた。

そのような話を聞いていて、カウンセラーは私がＡＤＨＤではないかと疑い始めたのだった。私はその時ＡＤＨＤという言葉を初めて聞いた。それがどんなものなのかよく分からなかった。

この時は今大学に通えなくなる子にはＡＤＨＤの子が多く、薬で大幅に改善されてまた通えるようになる子もいるという話をされていた。1、2年でほとんど大学に通えなかった子でも、その間の治療で困っていたことが大幅に改善され、3、4年で挽回して卒業した子もいるとのことだった。

私はそうなりたいとは思っていたものの、ＡＤＨＤとは具体的にどんな症状があるのかも、どうしたら治療を受けられるようになるのかも分からず、なんとなく聞き流しているだけだった。

そして、大学に通えなくなって2ヶ月程経った頃、私はまた大学に通えるように頑張ろうとする気持ちを失いかけていた。カウンセリングセンターに通ったり、自分なりに色々頑張ってはみたものの、一向に教室には足が向かず、ただ時間を浪費するだけだった。ここまできてしまうと、もう前期の授業は出席日数の関係で単位を取得することができなくなっていたので、また後期から頑張ればいいかという気持ちになっていた。通っても大した効果が出ないカウンセリングも受ける気がなくなってしまい、とうとうカウンセリングセンターにも行かなくなってしまった。

この時の私は、自分がいつか地獄に落ちてしまうことをはっきりと意識しながらも、その地獄に落ちる時期を先延ばしにしているような気持ちでいた。大学に行っていないことはいずれ親にも大学にもバレ、大変な修羅場になるだろうことは分かっていたのだが、それを少しでも先延ばしにしたかった。どうせ大学に通って卒業しないと人生は終わってしまうのだから、その終わりを少しでも先延ばしにしようと思っていた。

それと同時に本当にどうしようもなくなって人生に切羽詰《せっぱつ》まったらその時は最悪死ねばいいやと本気で考えていた。

大学に通えず、それを親にも相談できず、グダグダと無駄なことばかりやっていることにかなりの罪悪感があって、こんな人間生きていてもしょうがないと思っていた。その気持ちを「まあ最悪死ねばいいし」と思うことで曖昧にし、自分が今生きることをなんとか許容している状態だった。

状況が一変したのは12月に入ってからだった。驚くべきことに、この時まで親に大学に通えていないことはバレていなかった。この日も大学に行くふりをするためにアルバイトに向かった。

しかし、この日は家に携帯を忘れて出てしまったのだ。そんなことは滅多にないのだが、この日はなぜか忘れてしまった。この日、母はパートが休みでずっと家にいる日だった。

私が携帯を忘れて出て行ったことに気づき、母が携帯をテーブルの上に置いて家事をしている時に、突如私の携帯が鳴った。普段なら鳴っても出ることはないのだが、表示された番号を見て、もしかしたら大学からかもしれないと思った母は咄嗟に電話に出る。電話はカウンセリングセンターからかかってきていた。カウンセリングセンターにも通えなくなった私を心配してカウンセラーが電話をかけてきたのだ。そこでやっと母は私が大学に通っていないことに気づいたのだった。

私はそんなことは何も知らずに家に帰った。夜ご飯を食べている時に、携帯を忘れていった話になり、母にカウンセリングセンターから電話がかかってきて、電話に出たと聞かされた。

私は真っ青になった。次にどんな罵声《ばせい》が飛んでくるかと思い、咄嗟《とっさ》に身構えた。しかし、母は意外とあっけらかんとしているのだった。そんなに怒ってもいない。「あんたのことだからそういうこともありえるかと思ってた」と言われた。私はとりあえず激昂《げっこう》されなかったことに安心していた。

本当はそんな人間だと思われていたことを恥ずべきなのだが、激昂され、最悪勘当《かんどう》されるのではないかとまで考えていた私はただ安心しただけで終わってしまった。

その後、父も帰って来て、私が大学に通えていないことの報告を受けた。父の方が少し怒っていたけれど、それより、今まで大学に行くふりをして違うことをしていたことに呆れられてしまった。母がカウンセラーと具体的に何を話したかは分からなかったが、1週間後に親も一緒にカウンセリングに来るように言われたということで、一緒に行くことになった。

12月中旬、両親と私で大学のカウンセリングセンターを訪れた。まずカウンセラーから私の今までの状況について両親に説明があった。

その後、やはり私はADHDだと思われるので専門の医者にかかった方がいいということを言われた。カウンセリングに通ってもまったく授業に出ることができず、カウンセリングにも通えなくなった様子を見て、この頃にはカウンセラーは完全に私がADHDだと決めつけているようだった。そのために、この日は主にADHDについての話をされた。

今、ADHDの学生がとても多いということ。そういう子たちでも投薬治療などで症状が改善され、また大学に通えるようになること。私の症状は治療で改善される余地があるということを言われた。私の大学には2週間に1度、学生の相談に乗るために大学に来ているＡＤＨＤ専門の心療内科の先生がいた。その先生は大学の近くの病院に勤めていたため、そこを紹介された。

両親はこの日ＡＤＨＤという言葉を初めて耳にしたこともあり、本当に私がＡＤＨＤなのか半信半疑だったが、治療によってまた大学に通えるようになるかもしれないのだったらとりあえず病院に行ってみてはどうかという感じだった。

私もどうにか状況を変えたかったので、病院に行くことに抵抗はなかった。早速病院に電話してみたものの、その病院は予約でいっぱいだった。ＡＤＨＤかどうかを診断するためにまずはテストを受けなければならなかったのだが、一番早くて2ヶ月後とのことだった。かなり驚いたが、とりあえず一番早い日時で予約を入れた。

ＡＤＨＤとの診断を受け、安心する

年が明けた2月にテストを受け、それからさらに1ヶ月経った3月、私はＡＤＨＤとの診断を受けた。

ショックを受ける人も多いようだが、私はむしろ救われた気持ちがした。大学に通えなくなったことで人生がどん詰まってしまった気持ちになっていて、もう解決の糸口が見えなくなってしまっていたので、治療を受けることによってまた大学に通えるようになればいいなと思ったからだ。

治療する余地があるということが私にとっては大きな救いだった。私はその病院に通うことを決め、治療を開始した。そこからは投薬治療とカウンセリングによる治療を行った。

カウンセリングでは、幼少期から現在に到るまでの様々なことを話した。少し周りの人とは違っていて悩んでいたことの多くがＡＤＨＤの特徴であると判明して、私はその度にホッとしていた。普通とは違うことの理由が分かったからだ。分かったところでどうなることでもないのだが、ずっと普通とは違うと悩んでいたことに説明がつくと安心することができるのだった。

投薬治療の方は、最初にドーパミンに作用し、注意力不足や衝動的な落ち着きのなさなどを改善するコンサータが処方された。

4月から大学は休学し、毎日決まった時間に起きて薬を飲み、決まった時間に寝ることを徹底した。といっても朝起きることが極端に苦手な私はこれも結構辛かった。薬は朝飲まなければいけなかったからだ。朝、父に無理矢理起こしてもらい、薬だけ飲み、二度寝して昼に起きるという生活をしていた。

この時期は無気力がひどくて、本当に何もする気が起きなかった。二度寝で夕方まで寝ることもあり、一日中家にいてインターネットを見ているだけで終わったりしていた。たまに気分が乗った時は、昼から図書館に行ってみたり、散歩に行ってみたりしていた。しかし2時間程出かけると疲れてしまうような感じだった。

コンサータは飲むとやる気が満ち溢れたり、思考がクリアになると言われてもいるが、私の場合はそんなことはなかった。むしろ副作用が強く出てしまい、飲み始めてから2

ヶ月程経った頃、食欲が極端になくなってしまった。朝ご飯はいつも昼まで寝ているために基本的に食べないのだが、昼ご飯もほとんど食べられなくなった。夜ご飯はかろうじて食べられていたが、食べられる量が少なくなった。ご飯を食べることができなくなったからか、私の無気力は更にひどくなり、その上体に力が入らなくなってしまった。

薬の副作用でご飯が食べられなくなり元気がなくなった私を見て、母はこれでは本末転倒だと思い、先生に薬を変えて欲しいと申し出た。

治療を始めて3ヶ月が経過した6月、薬をコンサータからノルアドレナリンに作用するストラテラに変更した。薬を変えるのに申し出から1ヶ月程経っていたのは、先生がコンサータにこだわったからだ。ＡＤＨＤの人にとって、コンサータはそれほどまでによく効く薬のようだ。

ただ、私はあまり効果が感じられなかった。ストラテラでも副作用が出てしまう可能性があるので、一番少ない量から飲み始めた。それでも最初は耳鳴りや頭痛などの副作用が出てしまった。

しかし、比較的朝起きるのが楽になって、日中に活動できる量も増えていったので、副作用は我慢して薬を飲み続け、段々量を増やしていった。

この頃、自分はこんなことをしていていいのかと毎日葛藤する日々だった。周りの友達はみんなだるいと言いながらも大学に通い、レポートを提出し、着々と未来に向けて足を進めていた。私だけ人生が停滞している感じがした。完全に周りに置いていかれてしまっていると思った。私がやっていることと言ったら、テレビのワイドショーを見てくだらないことに笑ったり、図書館に行って本を読んでいるくらいだ。果たしてこんな人間が生きていていいのだろうか。まったく生産性がない。生産性がない人間は生きている意味なんてあるのだろうかと思っていた。

そんな状態だったので、私は自分に今はここでちゃんと今までの自分と向き合って治療を進め、また未来に向かって歩き出すための大事な時間なんだと言い聞かせた。特に何もできていないけれど、病院に通って薬を飲んで自分の状態をよくし、また普通のレールに戻ろうという思いがかろうじて私の生を繋いでいた。

人生を変える大きな出会い

8月にはまたアルバイトを始めた。何もしていない自分に耐えられなかったからだ。アルバイトをしていると、自分が少しでも誰かから必要とされている気がして嬉しかった。その後も毎日薬を飲んでアルバイトをするという生活を続けた。

そんな生活を続け、治療を始めて1年程経った頃、だいぶ無気力が改善されてきた。急激に改善された感じで、やる気に満ち溢れており、どこかに行ったり行動を起こさないといられないような気持ちになった。アルバイトだけではなく、いろんなことをしてみたいと思うようになっていた。

一つ思いついたのが、同じようなADHDの人たちと交流してみようということだ。私は自立支援を申請しに最寄りの保健所に行った時に教えてもらったADHDの人たちが集まるカフェのことを思い出していた。調べてみると、そこでは1ヶ月に1度女子会が開かれていたので、私はそれに参加してみることにした。

平日の夜だったが、そこには10人以上の人が集まっていた。テーブルが二つに分かれていて、それぞれ5、6人ずつ座った。私の座ったテーブルの方は大学生や新社会人などの比較的年齢が近い人が多くいた。

同じように大学に通うことやレポートを提出することが難しく悩んでいる人や、就活が上手くいかなくて悩んでいる人、障害者雇用で就職したはいいものの職場に馴染めず困っている人など色々な人がおり、みんなで悩みを共有したり解決策を提案したりした。

同じような悩みを抱える人たちと交流することができて、こんなに悩んで生きて来たのは私だけじゃなかったんだなと感じることができた。みなさんツイッターをやっていたので、そこにいたほとんどの方のアカウントをフォローした。

そこでフォローした一人の女性のツイッターが私の人生を大きく変えることになるとはこの時の私はまだ知る由もなかった。

ちょうど同じ頃、私は自分の進路を考え直さなくてはならなくなっていた。1年間休学した大学を4月からどうするかということだ。復学するというのが普通の選択だったのだと思う。

しかし、私はもう大学に通うことはできないだろうなと思っていた。治療によって困っていたことが少しは改善されつつあったが、毎日朝起きて、特に興味がない授業を聞いて、課題を提出して単位を得ることはやはりできそうにないと感じていた。

だから、復学は避けたかった。その上で普通のレールに乗れる道を考えなければならなくなった。ここに来て初めて、私は何が好きなんだろうな、とか何をやりたいんだろうということを真剣に考えた。

そこで思い出したのは、私は子どもが好きだということだ。私には3歳下の弟がいるのだが、その世話を積極的にしていたこともあってか、赤ちゃんや幼い子どもが大好きだ。街で見かけたりするだけで心が和む。子どものためだったら勉強することも働くことも辛くても耐えられるのではないかと思った。それと保育士や幼稚園教諭は人手不足ということもあり、比較的就職しやすいのではないかとも考えた。

そこで色々調べていると、私の通っていた大学の通信制に幼稚園教諭になれるコースがあるのを発見した。

通信制ならば朝起きて大学に通うこともなく、自分のペースで勉強できるので私でもできるのではないかと思った。通信制といっても、最低4年は通わなければならず、最終学歴は大卒になるとのことだ。

私にとって大卒の資格を得られるというのは大きかった。大卒の資格を得て上手く就職できれば、普通の社会のレールに乗れる。朝起きて大学に通うことをしなくても普通の社会のレールに乗れるかもしれないというのは私にとってはかなり魅力的だった。

思い立ったらすぐ行動する性格なので、ちょうどその頃に開かれていた説明会に行ってみることにした。カリキュラムや履修の進め方や学費についての説明があった。

これなら私にもできそうだと感じた。それと授業が自分が興味が持てる内容だった。最初に入った大学では学部はなんとなく決めてしまって、特にそれが勉強したいと思って入ったわけではなかったので、興味が持てる勉強なら続くのではないかと思った。この選択肢を魅力的に感じた私はとりあえず親に相談してみることにした。

自分は子どもが好きなので幼稚園教諭をやってみたいということや、通信制大学に通えば大卒の資格も幼稚園教諭の資格も得られるということを親に説明した。大学を休学し、アルバイトしかしていなかった私が、きちんと将来について考えている様子が伝わり、安心したのだと思う。

親は私の説明を聞いて、「それがやりたいならやってみな」と意外とあっさり言ってくれたので、私は入学する準備を始めた。入学準備といっても、試験などは特になく、志望動機などを文章に書いて提出するだけだった。4月入学を考えていたので、書類を提出してしまえば後は1ヶ月程結果を待つだけだった。

結果を待つ1ヶ月の間、私はツイッターに入り浸っていた。先のカフェで知り合った女性のツイッターを見ていると、都内にある面白そうなバーを発見した。

そのバーはイベントバー「エデン」という名前で、東京都豊島区にある主にツイッターなどSNSで有名な人が日替わりで一日店長をするコミュニティー型のバーだ。特殊な趣味を持った人が集まったり、日替わりのバーテンによって様々なイベントが開かれている。

創業者であるえらいてんちょうさんは慶應義塾大学在学中にバーを立ち上げ、現在はYouTuberや経営コンサルタントとして幅広く活躍している。

ツイッターで見たところ、エデンには同じADHDの人たちや、世の中でマイノリティと呼ばれている人たちがたくさん集まっているようだった。普通の社会にあまり馴染めず、普段の生活で関わっている人も非常に少なかった私は、エデンとそこに集まる人たちに深い関心を持つようになった。

一度訪れてみたい。そう思うようになっていた。

そんな折、えらてんさんのブログの記事が私の目に留まった。それは自身の結婚について書かれていたものだ。自身が経営しているエデンの婚活パーティーに訪れた女性と2日で結婚を決め、2週間でスピード結婚したという内容だった。

その女性は当時正社員として働いていたが、仕事を続けるのが辛く、辞めたいと思っていた。しかし、実家との折り合いが悪いため、辞めたら実家に戻ることもできず、収入がなくなってしまった暁には生活ができなくなってしまうため、自殺するしかないというところまで追い詰められていたという。そんな折、えらてんさんが「それなら僕が養いますので結婚しましょう」と言って結婚したとのことだった。

私はこんな結婚の仕方もあるのだなあと思った。女性の実家と折り合いが悪く、人生に行き詰まっていたところも私と同じだなと感じた。元々漠然と結婚したいという思いはあったけれど、この記事を読んで結婚したい気持ちが大きくなった。

えらいてんちょうと初対面、5分でお見合いが決まる

4月、ツイッターで婚活をしていた18歳の女性が婚約したという情報を目にした。私も漠然と結婚したいなあと思っていたのと、とてもめでたいことだったので衝動的にその方にリプライを送った。「おめでとうございます。私も結婚したい20歳の女性です」という内容でリプライを送った。

するとすぐにその方から返信がきた。ビックリしたけど嬉しかった。さらに驚いたことにその方をフォローしていたえらいてんちょうさんから「よければお相手紹介しましょうか」と返信がきたのだった。私が女性にリプライを送ってから1時間以内の出来事だったので、かなり驚いた。

私はこれはチャンスだと思い「是非紹介していただきたいです」と返信した。それから少しやりとりをし、4月下旬にえらてんさんとお会いする約束をした。

4月下旬、新しくオープンしたエデンの系列店であるbar mojaという場所でえらてんさんと会った。17時オープンのバーに17時ちょうどに到着した。店にはまだバー

の店長さんとえらてんさんしかいなかった。

えらてんさんはもう既に私のお見合い相手を決めていて、簡単に相手の説明をした後に「会ってみませんか?」と言った。私はここまで来てしまったら断れない感じがして、お見合いを了承した。すぐにえらてんさんが相手の方と連絡を取り、5月中旬にお見合いをすることが決定した。

私がバーに入ってから5分以内の出来事だ。

こんなに展開が早いとは思わなかったのでかなり戸惑った。このまま私は結婚まで行ってしまうのかなと思うと少し不安になった。結婚はしたいけどそんなに早く結婚していいのか、大学はどうするのかなどと頭の中でぐるぐる考えていた。

この時は、まだ普通のレールに乗ることを諦められておらず、真面目に勉強して通信制の大学を卒業して就職するのだと心に決めて勉強を頑張っていた。そんな状態でお見合いが決まってしまったので、どうしたらいいのか本当に迷った。大学の学費もあるし、もし本当に結婚するとなったら学費はどうしようなどと考えていた。

しょぼい喫茶店に行く

5月初め、またもツイッターを見ていたら「しょぼい喫茶店」の店長であるえもいてんちょうさんと店員のおりんさんの二人が、次の日にbar mojaで出張営業をするということでツイキャスをしていた。ちょうど時間があったので聞いてみることにした。

しょぼい喫茶店とは、就活に挫折した大学生（えもいてんちょう）がツイッターで面識のない人たちとの不思議な繋がりから100万円を出資してもらい開業した、東京都中野区にある小さな喫茶店だ。この年の3月にオープンしており、ツイッターを見て存在は知っていた。ずっと行ってみたかったのだが、実家からの距離が遠いこともあって行くのをためらっていた。

ツイキャスを聞いていると、二人ともあまり喋らず、ツイキャスなのに無言の時間というのも結構あった。ツイキャスは視聴者がコメントすることができるので、時々そのコメントに答えるくらいで他は特に何も喋っていなかった。私はてっきり張り切って宣伝しているものだと思っていたので、拍子抜けしたのだった。

ここに行っても本当に何も喋らなくても大丈夫なんだろうなあと思うと、私の心のハードルがグッと下がった。

最後の方に店長であるえもいてんちょうさんが「水だけでもいいので来てください」と言っており、切実に少しでも集客したいという思いが伝わってきて、私は行くことを決意し、勇気を出して「行きます」とコメントした。このコメントに店員のおりんさんは「やったー一人来てくれることが決まったー」と喜んでいて、私も嬉しい気持ちになった。

次の日、初めて訪れたしょぼい喫茶店は、とても居心地がよかった。普段いるせわしない世界とはまったく違う、ゆるやかで穏やかな空気に満ち溢れていた。

おりんさんはツイキャスのコメントを覚えていて、「もしかしてコメントしてくださった方ですか？」と嬉しそうに聞いてくれた。そこで私はえもてんさん、おりんさん、たまたま来店していたお客さんに人生相談のようなことをした。

今から思えば、飲食店でそんなことをするのは甚だおかしなことなのだが、お見合いのことがかなり心に引っかかっていて、どうしても誰かに相談したかった。えもてんさん、おりんさんは私の話に親身に耳を傾け、アドバイスもしてくれた。自分の人生について赤裸々に話すことができる人が周りにいなかった私にとっては、それだけでもかなり救われた。

この頃、私は通信制大学のレポートも書けなくなってしまっていた。私は昔からレポートを書くことが絶望的にできないのだ。「適当に書けばいいじゃん、なんとなくでいけるよ」とよく言われるのだが、私は絶望的に適当ができない。完璧主義で、0か100しか存在しないので、自分の中で100にならないとどうしても提出することができない。大学のレポートなんて100点満点の答えはないわけなので、上手くいくはずがない。

私はこのことを通信制大学に入学する前からなんとなくは分かっていた。高校の頃からレポートを書くのは大の苦手だったからだ。

ただ、どうしても普通のレールに乗らなければ生きていけないと思っていた私の最後の希望が通信制大学だった。大学に通うことはしなくていいのだから、どんなに無理をしても頑張って卒業しようと思っていた。

ここが本当の絶望だったのだと思う。もう私は普通に社会のレールに乗って生きるということができないのだなという絶対的な諦めを感じた。

もうダメだ。生きていけない。やっぱり死のうかなと思った。

しかし、やはりどうしても死ぬ決断ができなかった。今となっては死ななくてよかったと思うけど、この時はこんなにダメなのに死ぬ決断すらできないなんて本当にただのクズだな、自分なんて死ねばいいのにという気持ちだった。

生き延びるために結婚したい

そんな時、私の心に舞い戻ってきたのは「結婚したい」という気持ちだった。

自分で生きていけないなら結婚して養ってもらえばいいのではないかという考えが心を支配した。もともと結婚はしたかったし、するなら若い方がまだ貰い手がいるのではないかという思いもあった。

私のような欠陥品をもらってくれる人がいるとはあんまり考えられなかったけれど、

今から結婚相手を探すことは別に悪いことではないと思った。頑張って生きている人からすれば、なんて安直でバカなんだと思われるだろうけど、人生が八方塞がりになってしまい取り敢えず生きていくことだけを考えていた私は結構真剣だった。

初めて訪れた時にすっかりしょぼい喫茶店のファンになってしまった私は、初の来店から1週間後、またしょぼい喫茶店を訪れていた。この日は5月だというのに雨がしとしと降り続いている肌寒い日で、お客さんは私しかいなかった。

とても寒かったのでホットココアとケーキのセットを注文した。メニューには書いてあったのだが、二人が「ホットココアってどう作ればいいの？」と相談して試行錯誤していて、その雰囲気に私はほっこりしてしまった。

話していると、驚いたことに、えもてんさんは私のことを覚えてくださっていて、更に驚いたことに私が話した内容まで覚えてくださっていた。私はもうそれだけで感動してしまっていた。この日もお見合いをどうしようかという相談をしていた。

そんな話をしている折、えもてんさんにある男性を勧められた。「しんさんいいと思いますよ。ここの常連さんなんですけど、いつもニコニコしてて優しくて、とてもいい人なんですよ」と言われた。おりんさんも「いいと思う！」と言っていた。

後に私の夫となるこの人に、私はまだ会ったことがなかった。

この時は特に強い興味は引かれず、「ふーん、そんな人がいるのかあ」程度に思っていた。

そうこうしているうちにお見合いの日が近付いてきた。私は直前まで行くか行かないか迷っていた。迷いに迷った末、結局お見合いはお断りしてしまった。その理由は時間帯が夜だったからだ。

私の実家は門限が厳しい。というか厳しすぎた。基本は夕食の前の19時ごろに家に帰らなければならなかった。それより遅くまで出かける時は、「誰と、どこで、何時まで会うのか」をハッキリさせなければならない。お見合いのことや通信制大学も続けるのが難しいことなどは何も親に話していなかったから、何か適当な外出の理由を考えなければならなかった。

もう一つ理由があり、それはお見合いの日がちょうど母の日と被ってしまっていたことだった。ただでさえ外出が制限されているのに、母の日に夜遅くまで出かけていたらなんと言われるか分からない。その後、何ヶ月にもわたり責められることも考えられた。

そんな理由から私は直前にお見合いをお断りしてしまった。

この頃の私はこのような実家の独自のルールについて強い疑問を感じていた。周りと少し違うなあとはずっと思っていたのだが、色々な場所に顔を出して親の話をしている中で、決定的におかしいことに気付き始めていた。

また、それまでは夜に外出することに特に興味がなかったが、エデンやしょぼい喫茶店に行くのが楽しくて頻繁に通いたくなっていた私は、自由に外出できないことに強い不満を抱いていた。私と同じような境遇で育った人や、同じ病気を抱える人、私の状況を理解してくれる人や、私の人生の話を聞いてくれる人がいなかった私にとっては、そういう人たちがいるエデンやしょぼい喫茶店という場所はすごく貴重な存在だ。

しかし、そういう場所の説明を親にすれば、「そんな場所には行くな」と言われるに決まっていた。なので、行く時には何か他の理由を考えなければならず、それがとても面倒だった。行きたいところに行けないストレスが私の中でどんどん膨れ上がって行った。

はじめて自由を求めた結果、家出したい

私はとにかく母親の言う通りに生きていた。夜遅くに帰ると嫌な顔をされるので夜遅くに帰ることはほとんどしなかったし、家事もできることは積極的に手伝っていた。とにかく嫌な顔をされることをさけて、常に母親にとってのいい子であろうとしていた。

私の兄と弟は家事をほとんど何も手伝わなかったし、夜遅くに帰ってくることもしばしばあったけど、私だけ少し扱いが違うことになんの疑問も抱かないで生きてきてしまっていた。母の言う通りに生きてきてしまった自分や、ずっと意味不明なルールを押し付けてきた母に、このころ生まれて初めてとても強い怒りが込み上げてきていた。

そのことを心療内科の先生に相談したことがある。その時は感情が込み上げてきてしまい、私は話しながら涙声になっていた。私の主張を聞いた先生は「まなちゃんはやっと自分の感情と向き合えるようになったんだね。今まで何を聞いても自分の人生なのにどこか他人事みたいだったから。本当によかった。これからは自分の感情と向き合って生きていこうね」と言われた。

それを聞いて、私は「ああ、そういうことだったのか」と思った。

それまでの私は、親や他人の顔色を窺って、その人たちがやって欲しいと思っていることを察し、その通りに生きていた。他人が「こうして欲しい」と思っていることを察するのは得意だったので、言われなくても勝手に他人の望むように行動していた。もともと自分の感情を感知するのが苦手だったし、「これをやりたい」という強い意志もなかったので、それが楽だったのだとも思う。でもそうやって行動し続けた結果、ますます自分の感情が分からなくなっていくのだった。

私は自由が欲しかった。今まで与えられることのなかった自由が。

夜にどこに行くか聞かれることなく、聞かれてもそれをとがめられることがなく、自由に外出できるというような自由が。

それを手に入れるために家出したいという気持ちが自分の中に込み上げてくるようになった。家出すると言っても、一人暮らしできるほどのお金はなかった。それでもどうしても家を出たかった私はなんとかして家を出る方法はないかと色々と調べてみた。その結果、シェアハウスなら安く住めるということが分かった。その中でも特に安くて気になっているシェアハウスがあったのだが、実際に家出する勇気は持てずにいた。

夫との運命的な出会い

お見合いを断ってから2週間程経った頃、えらてんさんに直接お詫びするためにエデンを訪れた。

この時は初めて夜営業の時間に行った。今までの自分だったら母親の顔色を窺《うかが》って絶対にそんなことはしなかったけれど、この時は怒りからか半分自暴自棄になっていて、もう親なんてどうでもいいいやと思っていた。

初めて行った夜営業は自分が想像していた以上に楽しかった。昼営業とはまったく違う雰囲気ですごく盛り上がっていた。最初はカウンター席に座っていて、隣の大学院生の男性と話していた。なぜここに来たのかという話から、私の今までの人生に話が及んだ。男性は私の話をずっと聞いてくれて、聞き終わった後に「まなさんキャラがあって面白いですね」と言ってくれた。

そんなことを言われたのは初めてだった。私は自分のことを特に特徴のないつまらない人間だと思っていたので、そういう風に言ってくれる人がいることに驚いた。

その後はソファ席に移動して主に隣にいた社会人の女性と話していた。その女性とは好きなアイドルが一緒で、その話で盛り上がった。そのアイドルのどこがいいとか、メンバーの誰が好きとかそういう話をしていた。

私は女性アイドルが好きなのだが、そのことで盛り上がれる相手はほとんどいなかったので、思う存分話ができてとても楽しかった。

この時に、目の前に座っていたのが夫だった。

私はこの日初めて夫に出会った。夫は当時ＹｏｕＴｕｂｅｒをしていて、ほとんど毎日エデンに来て動画の編集をしていた。この日もイヤフォンをしてひたすら動画の編集をしていて、他の人とはほとんど喋っていなかった。

しかし、夫の方は「珍しく若い女性がエデンにいるな」と思って私のことを見ていたらしい。当時エデンには男性客が多く、女性は珍しい存在だった。その上若い女性となるとほとんどいなかったようで、私の存在は目を引いていたみたいだ。

この日はただただ楽しかった。私の知らなかった夜の世界というのはこんなに楽しいのかと思った。夜の世界と言ってもエデンはかなり独特だけど、その独特さが私には心地よかった。

私は普通ではないから、どこに行っても、こんなところにいていいのだろうか、場違いなんじゃないかと思いながら周りに話を合わせていたけど、エデンではそんなことをする必要がなく、自分が存在していることが許容されている感じがするのだった。

結局えらてんさんとお会いすることはできず、本来の目的を果たすことはできなかった。そもそもこの日、えらてんさんは仕事でほとんどエデンにいなかった。もともと何時に会うという約束もなく、エデンに行けば会えるだろうと思っていたのが甘かった。

ただ、会えなかったことでえらてんさんにとっては私がお見合いを断ったことは些細《ささい》なことだったんだなと感じ、わざわざ時間をとらせてまで謝る必要もないのかなと思ったため、その後もう一度会いに行こうとはしなかった。

次の日、私はまたもやしょぼい喫茶店を訪れていた。驚いたことに、ここでも夫に会った。この日はお客さんもあまりおらず、ゆっくり夫と話すことができた。実家にいるのが辛い話などをしていたら、夫にシェアハウスを勧められた。このシェアハウスがまさに私の気になっていたシェアハウスだった。そして夫はこの時もうすでにそのシェアハウスに住んでいた。

もう一人お客さんがいて、その方は同じシェアハウスに住んでいる女性だった。名前はあさひさんという。あさひさんはとてもフレンドリーなだけでなく、行動力がある人でいきなり「明日内見来る？　多分大丈夫だと思うよ」と言ってきた。二人からシェアハウスの話を色々聞いて、いいなと思った私は本当に次の日に内見に行くことにした。

その場にいた全員が驚いていたけれど、私はもうとにかく実家を出たくてしょうがなかった。この時、勧めてみたものの夫はまさか本当に私がシェアハウスに来るとは思っていなかったらしく、誰も私が本当にすぐシェアハウスに家出するとは思っていなかった。

その次の日、私は早速シェアハウスの内見に行った。大家さんはいなかったので、あさひさんに中を案内してもらった。中を見てみたところ、生活していけそうだと感じた。もっとも、家出したかったけれど決心がついていなかった私は、シェアハウスに誘われたことで内見をする前からもうほとんど決心が固まってしまっていたのだが。

その日は日曜日だったこともあり、住民の方がほとんどいて、居間で夜ご飯を食べながら、みなさんと話をしていた。みなさんいい人だと思ったこともあり、その日に入居することを完全に心に決めた私だった。

第3章

人生どうにもならないので家出してみた

内見の2日後、家出決行

5月29日、私はシェアハウスへの家出を決行した。内見に行ってからわずか2日後の出来事だった。もともとこの日に家出しようと決めていたわけではない。家出を決心したはいいものの、私はいつ家出するかを決めかねていた。

この日はなぜか朝5時に目覚めた。しかも母親がパートに行く日だった。親に何も言わずに家出したかった私にとっては絶好のチャンスだ。家出の準備にはそれなりに時間がかかる。親に黙って家出するためにはその準備さえも親に知られないようにしなければならなかった。

つまり親が仕事に行っている間に準備を済ませ、家出しなければならないということだ。私は普段昼に起きることが多かったので、昼に起きて母がパートから帰ってくる17時半までにすべての準備を終えて家出まで済ませるのは相当難しいことだと感じていた。頑張って朝起きても、やる気が起きないと昼までグダグダしてしまうことが多いので意味がない。

しかし、この日はたまたま朝早く起き、しかもやる気に満ち溢れていた。家出するなら今日しかないと思った。母がパートに出かけるのを待って、急いで出発の準備を始めた。とりあえず本当に必要なものだけを持って行くことにした。

もともとは電車で家出する予定だったけれど、シェアハウスでの生活は自転車がないと厳しそうだと感じていた。とりあえず電車で家出して、後から自転車を取りにくればいいと思っていたのだが、荷物を積んで自転車を漕いで家出すればいいのではないかと思いついた。咄嗟の思いつきで自転車で家出することを決め、家の近くの100円ショップに行って積荷用のロープを買った。自転車の後ろの部分に荷物を載せていくことにした。

シェアハウスは自転車で2時間程かかる場所にあったが、私にはなんのためらいもなかった。準備を終えて朝10時ごろ、私は自転車に乗って実家を出発した。この日の気温は30度近くまで上がっていた。

道のりは非常に長かった。マップを見ながら行ったのだが、途中で行き止まりになったり、勾配《こうばい》が急すぎる坂を登ったり、自転車一台ギリギリ通れるくらいの狭い道を走ったりした。途中でスマホは手から滑り落ちて画面が割れ、足は地面と擦ってしまいかすり傷ができた。ロープで縛ったにもかかわらず、一度ロープが解けて荷物が落ちてしまい、道路上でもう一度荷物を積み直したりした。

照りつける強い日差しの中、2時間程自転車を走らせて、ようやくシェアハウスに辿り着いた。不思議とそんなに疲れてはいなかった。

シェアハウスの住民の男性と、しょぼい喫茶店で私をシェアハウスに誘ってくれたあさひさんが出迎えてくれた。二人とも自転車で家出してきたことにとても驚いていて、あさひさんには「よっぽど家出したかったんだね」と少し呆れたように言われた。その日に男性の方からシェアハウスについての説明を色々受けた。

この日、実はその後もう一度電車で実家に戻って、母親がパートから帰ってくる前に持ちきれなかった荷物を持ってこようと思っていた。しかし、この日はたまたま母親の体調が悪く、仕事を早退して家に帰って来ていた。そんなことは滅多にないのだが、この日は朝から体調が悪そうで、なんとなく嫌な予感はしていた。

ひと段落して昼食を食べていると、母親からどこに出かけたのかと電話がかかってきた。まずいことになったと思った。

この時はとりあえず家出したことは伏せて、外出しただけの体を装って、夜に実家に帰ると言って電話を切った。ここで家出したことがバレたら激昂されるに決まっている。しかし、これで実家から持ってくるはずだった荷物が持ってこられなくなってしまった。さてどうしようと思ったのは一瞬、必要な物は買えばいいやと開き直ってすぐに買い物に出かけた。

1時間ほど買い物をしてからシェアハウスに帰り、親に家出したことを告げるメールを作成した。とりあえず連絡はしておかないと失踪したと思われて捜索願を出されるのではないかと思ったのでメールで連絡することにしたのだった。

あさひさんに見てもらい、「いいんじゃない」と言われたので夕方頃メールを送った。

そして両親の電話番号を着信拒否にした。シェアハウスにいる間は親とは連絡は取らないと決めていた。特に電話は感情がダイレクトに伝わるので絶対にしたくなかった。

その日の夜、シェアハウスの大家さんと住民のほとんどの人たちとで近くのお蕎麦屋さんに行った。もう入居はしていたけれど、実は大家さんとお会いするのはこれが初めてだった。

その時、連絡はしないと決めていたけれど、どうしても気になって母親からのメールの返信を見てしまった。母親からは「いきなり家出するなんてまるで何かの宗教に洗脳されてしまったみたいです。そんなところ怪しいから早く実家に帰って来なさい」というような返信がきていた。

当たり前といえば当たり前の反応だが、かなり強い文言で書かれていて、私の心は一瞬で曇ってしまった。泣きそうになっていたのだが、住民の方や大家さんが私の話を聞いて、励ましてくれた。大家さんは「ここに来る女子は大体家出だから」と笑いながら言っていた。私はだいぶ心が軽くなった。

また、この時はお蕎麦屋さんに出かけたのが22時くらい、シェアハウスに帰ったのが

23時くらいだったのだが、私は時間を気にせず夜に出かけられることに感動を覚えていた。これからは夜遅くに出かけても、帰りの時間や寝る時間を気にしなくてもいいんだと思うと心が浮き立つような気分だった。シェアハウスに帰り、大家さんと契約書を交わし、1ヶ月分の家賃をお支払いした。

この時点で、恥ずかしながら私の所持金はほとんどゼロになっていた。もともと私には貯金などほとんどなかったからだ。理由は二つある。

一つ目はどんなアルバイトをやってもどれも続かなかったこと、もう一つは散財癖があったことだ。

アルバイトは何をやっても長く続いたことがなかった。最長で半年しか続いたことがなく、最短だと1週間で辞めてしまっていた。なぜそんなに続かなかったのかを考えると、普通の人に擬態するために常に気を張っていたからだと思う。

私は昔から普通の人とは少し違っていて、それは自分でも分かっていた。ありのままの自分でいると、変な人だと思われる。だから学校やアルバイト先などでは自分の変だと思う部分を押し殺して、普通の人に擬態《ぎたい》して生きてきた。その上で、アルバイトでは仕事を早く覚え、使えると思ってもらえるようにものすごく頑張ってしまうので、常に120％くらいの出力をしていた。普通の人はアルバイトなんて少し手を抜いたりしながら60％くらいの出力でやっているものだと思うのだが、私にはそれができなかった。

要するにかなり無理をしないとアルバイトというものができないのだ。そうして無理をしていると自分の中でどんどんストレスが溜まっていってしまう。そのストレスが自分の中で限界を迎えると、パタッと体が動かなくなってしまい、アルバイトに行くことがどうしてもできなくなってしまうのだった。

もう一つの理由である散財癖についてだが、私はストレスが溜まると、パーっとお金を使ってしまう癖があって、ひどい時には一日に何万円も使ってしまっていた。お金の使い道は、主に洋服や化粧品などだ。私は見栄っ張りなところがあり、おしゃれをするのが好きだった。

アルバイトが続かないことと、散財癖があること、この二つが重ね合わさると、せっかくアルバイトで少し貯まったお金を、アルバイトが休みの日や辞めた後に使ってしまい、手元にほとんどお金が残らないという状態になる。

しかし借金をしていたわけではない。アルバイトを辞めた後に手持ちのお金がほとんど無くなると、またアルバイトもしなければお金も使わないという生活に戻るのだった。実家に住んでいると、食事も家も用意されているので、生きるためにお金を使うことはほとんどない。洋服など欲しいものは買えなくなるけれど、次のアルバイトを始めてお金を得るまで我慢していた。私はその2パターンの生活をずっと繰り返していたのだった。

月に2日働くだけで生きていける

家出した時の所持金は5万円くらいだった。そして1ヶ月分の家賃が3万円。2万円は余ることになるが、初日に予想外の買い物をしてしまったので、初日を終えて手元に残っていたお金は1万円ちょっとしかなかった。でも、その時の私はなんとかなるだろうと思っていた。

そう思った理由の一つに当時よく夫のツイッターを見ていたことが関係している。

その頃、夫のことはツイッターでよく見かけていた。夫はちょうどフリーターを辞め、YouTuberとして活動していた頃だった。夫はツイッターで、私と同じシェアハウスに住むと固定費がとても安く済むので月に2日派遣のアルバイトをするだけで生活できているということを発信していた。月2日の派遣のアルバイト以外は好きなことをして暮らしているという。

私はこの生き方に興味を持った。シェアハウスに住むと固定費がとても安く抑えられることは分かっていたし、月2日はさすがに無理でも5日くらい働けばなんとか生活していけるのではないかと思っていた。

嫌な思いをして固定のアルバイトを続けなくても、派遣のアルバイトに数日行って、固定費を抑えて生きるという生き方は自由だし、理にかなっている気がして、魅力的だと感じた。そんな生き方がしたいと思った私は、すぐに日払いの派遣のアルバイトを見つけてなんとか生活費を稼いで暮らそうと思っていた。

ただ、夫にはもともと貯金もあったし、派遣のアルバイトの収入以外にも月の収入は他にもあった。それに夫には人に奢られる能力みたいなものがあって、食事は人に奢ってもらったり、シェアハウスの人が作ったものを分けてもらったりしていて、食費がほとんどかからない生活をしていた。本当に生活にお金がかかっていないようだった。

そんなことはつゆ知らず、私はもともとの貯金も無ければ、収入源も決まっていないまま家出してしまった。お金が無くなった私は日払いの派遣アルバイトを至急探さなければならなくなった。

次の日から、早速私の派遣アルバイト探しが始まった。とにかく早く日払いの派遣アルバイトを見つけてお金を稼がなければならなかった。しかし、これがあまり上手くいかない。派遣のアルバイトといっても、日払いでお金がもらえるところなんてほとんど無かった。

私はそんなことさえ分かっていなかったのだ。何日かアルバイトを探し歩く日が続いた。

夫を意識し始めたある雨の日のこと

そんな生活に疲れてきてしまっていた6月3日の午後、私はシェアハウスのリビングであさひさんと話をしていた。あさひさんとは一番仲がよく、よく二人で話すこともあった。断続的に雨が降り続いていて、肌寒い日だった。二人で「人生ってそう上手くは行かないよね」という話をしていた。

私は自由を求めてシェアハウスに家出した。夜にエデンやしょぼい喫茶店など好きなところに出かけたかった。実家では外出が制限されていてそれができなかった。しかし、今度はお金がなくてそれができなくなってしまっていた。

私はずっと実家で暮らしていたので、生活にどのくらいのお金がかかるのかまったく分かっていなかった。それに、すぐお金が稼げる仕事なんてほとんどないことも。本当に世間知らずだった。生活のためのお金もいるし、毎月の家賃も必要だ。私は早くも行き詰まってしまっていた。あさひさんはこの頃就活をしていたけれど、なかなか思うようにいかないようで悩んでいた。

二人とも希望を求めてシェアハウスに移住してきたけれど、現実はそんなに上手くいくわけもなく、頑張ることに疲れてしまっていた。かなり精神的に追い詰められていて、「生きている意味って何だろう」というところまで話が及んでいた。二人とも人生のどん底にいたような気がする。

そこに普段あまりシェアハウスにいることがなかった夫が帰って来る。この時は夫もYouTubeの再生回数が伸びないことに悩んでいた。少しYouTubeの話をしていると、最近アップロードしたという動画を見せてくれた。私はあまりYouTuberがアップしている動画を見る習慣がなかったこともあり、その時初めて夫のチャンネルの動画を見た。

その動画は夫の知り合いの女の子がツイッターでバズった簡単料理を作るというだけの動画だったのだが、動画に流れている珍妙《ちんみょう》な音楽と、動画に入ってしまっている夫の笑い声と、背後に映るシェアハウスの様子がなんとも面白くて、私は吹き出してしまった。

この時、私は久しぶりに笑ったような気がした。面白かったので、3回も見てしまって、その間私はずっと笑っていた。笑っていると悩んでいたことがなぜかどうでもいいことのように感じられるのだった。なにも上手くいっていないのに、まあなんとかなるでしょみたいな前向きな気持ちに不思議となっていた。このことは、当時の夫のブログにも登場している。

『僕はシェアハウスに住んでいるのですが、シェアハウスに住んでいるとたくさん人と話をします。この前雨が降った時、住民の女の子が病んでいました。雨は人の気持ちがマイナスに向きやすいですね。

マイナス思考になっていた女の子の前で動画の編集をしていた僕はアップロードを終え、見たら元気になるかもよとオススメしました。

すると、「昨日アップロードしてた動画見たら元気出た」と言って笑ってくれました。そしてその動画を3回くらい目の前で見てくれました。

その時に思ったんです。目の前で動画を見て実際に元気になってくれたのを見て、なんだか凄く感動してしまって、「こうやって元気になって笑ってくれる人が一人でもいる限り、僕のやることはこれだけだ」と。そしていまでもYouTubeで悩んでいる時、このことを思い出して元気になっています。(中略)まず身近な人が少しでも元気に笑ってくれる動画をこれからもっと作りたいな。』

YouTubeを見たことで、私も明るい気持ちになれて少し救われたけど、夫も私が動画を見て笑ったことによって救われたんだなあと思うと感慨深かった。

シェアハウスに住み始めた頃から、私は夫と話すのが好きだった。話していると楽しい気持ちになれたり、少し明るい気持ちになれたりした。夫が前向きな性格だったからだと思う。

また、私の境遇とか今までの人生とか、あまり話せる人がいなかったことについて話しても全然引かれないし、すべてを包み込んでくれるような優しさみたいなものがあった。話したり、シェアハウスで一緒に過ごしている中で、この人となら一緒に生活していけるのではないかという気持ちが私の中に芽生えるようになっていた。

そんな楽しい時も束の間、私はこの次の日、慣れない環境に疲れが出てしまったのか、風邪を引いてしまった。最初は大したことないと思っていたが、困ったことにもう病院に行くお金も残っていなかった。

風邪を引いたのに、そんなに深刻な事態だと思っていなかった私は、この日夫と池袋駅まで一緒に行った。夫はそこに用事があり、私はそこまで自転車で行けることを知っていたけれど、行き方を知らなかったので、夫が道案内をしてくれるということになり、自転車で一緒に駅まで行った。大きい駅だったので、自転車をとめたところから大の目的地までが遠く、駅の端から端まで一緒に歩いた。

この時、私は風邪で声がガラガラだった。夫に「大丈夫ですか?」と聞かれたので、風邪を引いたみたいだけど病院に行くお金がないことを話した。驚いたことに、夫に「僕が病院代出すので病院に行きましょう」と言われた。

正直何を言ってるんだろうと思った。なぜ一緒のシェアハウスに住んでいるだけの赤の他人の病院代を払うのか、私にはよく分からなかった。私は「悪いので大丈夫です」とだけ答えた。

1回目のプロポーズ

その日の夕方、シェアハウスのリビングで私と夫とあさひさんと住民の男性と4人で話をしていた。ちょうど結婚について話していて、あさひさんと男性の相性がよさそうだから結婚しちゃえば、などとほとんど冗談で話していた。

その時、唐突にあさひさんが冗談で夫に「まなちゃんは？　まなちゃんいいんじゃない？」と聞いた。夫は「まなちゃんでもいいよ」と満更でもなさそうに答えた。それをあさひさんがいじっていた。

この時のことを結婚した後に夫に話すと、「俺はまなちゃんがいいと言った」と言われた。どうやら1回目のプロポーズのつもりだったらしい。この時既に夫は私に好意を抱いていて、それだけでなく結婚したいとまで考えてくれていたらしい。先の病院代の話もその気持ちから出た発言だったのだ。

その一方、私は夫の好意にまったく気づいていなかった。そもそも私は育ってきた環境により、自己肯定感が極端に低く、私に好意を持ってくれる男性なんてこの世にいないと信じて疑わなかった。ましてや、一緒に生活をしていて、自分のダメなところをすべてさらけ出した上で相手から好かれる可能性など微塵《みじん》も考えていなかった。だから夫の好意になど気付くわけもなかったのだった。

6月5日。風邪が悪化してしまった。前日までは辛いけどせっかく家出してきたのだし、まだもう少しだけ踏ん張ってみようと思っていたのだが、体調を崩したことで私の心が折れてしまった。実家に帰るのは正直嫌だったけれど、毎日ロクなものも食べていなかったし、気温もかなり高くなっていて、その上病院にも行けないとなると風邪が治る見込みはなく、風邪を治すには実家に帰るしかないと思った。

実家に帰ると、両親は「そらみたことか、実家を出て親の庇護《ひご》から外れたお前なんか生きていけるわけがないんだ」といった感じだった。「どうせすぐ戻ってくると思っていた」とも言われた。

ものすごく悔しかったけれど、見切り発車で深く考えず行動してしまい、結局失敗してしまったので、何も言い返すことができなかった。

小さい頃から先を見通す力がなく、何か始めては失敗するということを繰り返しており、そのことをすごく責められた。そんなことは私にも十分すぎるほど分かっていた。私自身も自分の見通し力の無さには辟易《へきえき》していたのだ。もっと考えてからやれと言われるのだが、私には先のことを想像したりシュミレーションする能力が著しく欠如していた。そしてそのことは私の心をずっと苦しめていたのだった。

この日はかなり落ち込んだ。しかし、落ち込んでばかりもいられないので、実家に帰った私はとりあえず風邪を治し、また派遣のアルバイトを探した。この時はちょうどいいアルバイトが見つかり、アルバイトをしてお金を稼ぎながらこれからどうするかについて考えていた。

シェアハウスでの生活は、正直私にとってはしんどいものがあった。大勢の他人と一緒に生活していると、どうしても気を遣ってしまい、常に気が張っている状態になってしまう。

住民の方はみなさんいい人だし、話すのはとても楽しいのだが、その一方でとても疲れてしまう。私にとって一人の時間というのはかなり重要なのだが、シェアハウスの中で一人でゆっくり休める時間を上手に作ることができなかった。

それと、必要以上に家事を頑張ってしまっていた。シェアハウスの中では、家事の分担などは特に決まっておらず、できる人がやるという感じで、やらなくても特にとがめられることはなかったのだが、私はやらないと存在していることが許されない感じがして積極的に家事をしていた。シェアハウスでは完全にありのままでいることができず、私にとってシェアハウスは「くつろげる家」という感じのものではなかった。

やはり私が気を張らずにありのままで生活できる場所は実家しかないような気がした。しかし、実家にいると行動がかなり制限されてしまうので辛い。

それに実家にずっといるということは、普通のレールに乗って生きていなければ生存を許されないということだ。普通のレールに乗って生活するにはかなりの努力と忍耐が必要だった。それが一番いいことは分かっていた。そして道はかろうじて残されていた。

しかし、そこに辿り着くための道のりを考えると果てしなく遠く、その間ずっと頑張り続けなければならない。私はもうそこまで頑張る自信がなかった。ここで普通のレールに乗ろうと決意して頑張っても、そう遠くないところで挫折《ざせつ》してしまうような気がしていた。

私はもともと普通ではないので、ならいっそ普通のレールとはかけ離れたアウトローな生活を送ろうかとも考えた。今はインターネットで色々な生き方を発見できる時代だ。アウトローに生きるとして、何か私が真似できそうなものはないだろうかと思った。本当に色々考えたけれど、結局自分にできそうな生き方は見つからないままだった。

そんな折、ツイッターでしょぼい喫茶店が夜営業のアルバイトを募集しているのを発見する。私はすごくやってみたいと思った。私が何かを猛烈にやってみたいと思うのはかなり珍しい。しかし夜営業ということもあり、営業の日に親に外出の理由をなんと説明するか考えるのが非常にめんどくさい。そのことが即座に私の頭によぎった。少し前の私なら親のことを気にしてやらない選択をしていたのだろう。少し悩んだのだが、今言わないときっと次の日にはもう埋まってしまうだろうという焦りがあった。

この時はやってみたい気持ちが大きすぎて、半ば衝動的にしょぼい喫茶店の店長であるえもいてんちょうさんにメッセージを送っていた。自分の生き方に悩んでいたこの時の私はとにかくやってみたいと思ったことは何でもやってみよう、そこから何か見えてくるかもしれないという気持ちだった。やりたいと思ってもためらっていた今までの人生を変えようと思っていた。

私はしょぼい喫茶店によく行っていて、どんな人か知られていたこともあり、えもてんさんは二つ返事で引き受けてくださった。

夜営業をする人はすぐに7人集まった。その中に夫もいて少し驚いた。ツイッターのグループができて、詳細が話し合われた。ちょうど7人集まったので、それぞれが1週間に1回お店に立つことになり、お店に立つ曜日を決めた。

話し合いの中で、それぞれの属性ごとにテーマを決めてコラボのような形で二人一緒にお店に立つのもいいですねというえもてんさんの提案があった。私は一人でちゃんと営業ができるか不安しかなかったので、えもてんさんの提案に乗って初めはもう一人の夜営業担当の女性と一緒にお店に立つことにした。

6月23日、初めてしょぼい喫茶店で夜営業を行った。事前の準備や集客はもう一人の女性がすべてやってくれた。この時の私は本当に何もできなかったからだ。料理も作れないし、集客の方法も分からなかった。それでも快く夜営業をすることを引き受けてくれたえもてんさんには感謝しかない。

その日私はお店に立って主にドリンクの提供をし、あとはお客さんと楽しく会話をしていただけだった。

女性の集客のおかげもあり、その日は大盛況で、カウンターいっぱいにお客さんがいた。お客さん同士静かに話しているという感じではなく、お客さんは私たち二人に積極的に話しかけて来てくれた。それに答えるとその返答に別のお客さんも反応してくれたりして、みんなで盛り上がっている感じがあってとても楽しかった。こんな時間がずっと続けばいいのになあと思った。

夫の好意に気付けない私

次の日、私はシェアハウスに遊びに行った。

1ヶ月の契約はしていたので、実家に帰った後も何回か泊まったり、遊びに行ったりしていた。しょぼい喫茶店の夜営業で何か料理を出せればなあと思っていた私は、この日シェアハウスに行ってオムライスを作った。

なぜわざわざ料理をしにシェアハウスに行ったのかというと、実家では火の使用を禁止されていたからだ。なぜ禁止されていたのかは今でも分からない。母親は「危ないから」の一点張りだったけど、私は母親に火の不始末による事故か何かのトラウマがあったのではないかと思っている。小さい頃ならまだしも、いくつになっても火の使用を禁止しているのはさすがにおかしい。「危ないから火を使っちゃダメ！」と言う母親には何か凄みみたいなものがあって、いつも言い返すことができないのだった。そんな理由で私は実家では料理をさせてもらえなかった。

この日はオムライスを作ろうと思っており、最初にお米を炊こうとしたのだが、この時の私は恥ずかしながらお米の炊き方さえよく分かっていなかった。それを見かねた住民の女性がお米の炊き方を教えてくれた。

そんなことをしているうちに夫がシェアハウスに帰ってくる。材料が足りないことに気付いた私は夫に買い物を頼んだ。快く引き受けてくれたのだが、ただお使いを頼むのは悪いなと思った私は少し余分にお金を渡して「ついでに好きなもの買ってきてください」と言った。

すると夫は笑いながら「何言ってんの、まなちゃんお金ないんでしょ」と言ってお金を返してきた。

そういえばお金がないことってあんまり友達とか普通に関わる人には言えないし、隠そうとするけど、夫にはそのことさえもうさらけ出しているんだなと思った。

シェアハウスの住民の人たちはよく「お金がない」と言っていて、そんなことを言っても引かれないし責められることのない雰囲気があったからこそ私もさらけ出すことができたのだろうけど、もしかしたら夫には引かれているのかもしれないと思っていたので、特に引かれていないことが分かって安心した。

夫がお使いから帰ってきてから料理を始める。しかし、私は分からないことだらけで戸惑った。結局ほとんど住民の女性に手伝ってもらう形でなんとか料理が完成した。一人では多分料理は完成しなかったと思う。

完成したはいいけれど、試行錯誤しながら作ったため、見た目はかなり悪くなってしまった。私が食べるだけだからいいやと思っていたのだが、夫が「食べたい」と言い出した。私は信じられない思いだったけど、食べたいと言われたので食べてもらった。夫は「美味しい」と言ってくれて、結局半分くらい食べてしまったのだった。

この後、夫と話す時間があって、契約がもうすぐ終わるからもうシェアハウスには泊まったりできなくなることや、実家に居るのが辛いけどシェアハウスに住むお金もないことなどを話した。

それを聞いた夫は「俺が家賃払ってあげるからシェアハウスに住みなよ。他の人には内緒で」と言った。

私はまた何を言われているのか分からなくなった。なんで私の家賃だけ払ってくれると言っているのだろうか。普通の人なら夫が好意を持ってくれていることに気付くのだろうけど、私は気付くことができないままだった。どんなに考えてもその答えに辿り着くことができなかった。

だから結局この時も「悪いからいいです」と言って断ってしまった。夫にとっては私の家賃を払うよりも私に会えなくなる方がよっぽど辛かったのだろうと今なら分かる。

プロポーズまでのカウントダウン

7月1日。夫がエキストラとして出演するドラマの撮影日だった。夫はかなり自由な生活をしていたこともあり、大好きなこのドラマのエキストラほぼ全部に参加していた。人数が足りていない日が多かったみたいで、ツイッターでエキストラの募集を個人的にかけてもいた。私は夫と会えなくなったことを寂しく思っており、また会って話したいなあと思っていたところだった。

この時点で私はもう夫に好意を抱いていたのだろうけど、私は自分の気持ちにも気付いていなかった。ただなんとなくまた会って話したいなあと思っていた。この日は夫に連絡してエキストラに参加してみることにした。

楽しみにしていたのだが、前日に夫が風邪を引いてしまい、撮影に来られなくなってしまった。二人でたくさん話せるだろうなあと思ってウキウキしていた私はかなりガッカリした。迷ったけど、結局私も撮影には行かないことにした。

7月7日。2回目にしょぼい喫茶店に店員として立つ日だった。夫はこの日に私に会ってデートを申し込もうとしていたらしい。

しかし、この日は次の日の朝早くに病院への通院があったことと、両親に説明する外出の理由がまったく思いつかなくなってしまったことから、営業をお休みしてしまった。1回目に一緒に営業した女性とまた営業することになっていたので、この日は女性一人で営業することになった。

ただ、告知が二人のままになっていたので、夫はわざわざ私に会いにしょぼい喫茶店に来てくれたのだった。そこで私が来ないことを知らされた夫はガッカリし、その日にLINEをくれた。

次の日に病院に行くというのを具合が悪いという風に解釈した夫が心配して連絡してきてくれたのだ。病院といっても精神科なので別に具合が悪いわけではないことを説明すると、次の日にデートに誘われた。夕方頃、私の実家の近くまで来てくれるとのことだった。

私は嬉しくて後のことはあまり考えずすぐにオッケーしてしまった。その後に、両親に外出の理由を説明する必要があったことを思い出したのだった。

7月8日。朝に通院があった。朝から親に外出の理由をどう伝えたらいいかで悶々《もんもん》と悩んでいた。

私はどうしても行きたかった。しかし、シェアハウスで出会った男性と二人きりで出かけると言ったら反対されて行けなくなるに決まっている。何か適当な理由はないものか。頑張って理由を考えたけれど、実家に戻ってきてから1ヶ月経ち、夜の用事で適当な理由は出し尽くしてしまっていた。結局私はありのままの理由を話さざるを得なくなる。

昼頃に母親に話すと当たり前のように「そんなのやめなさい」と返ってきた。「行きたい」ということを必死に訴えたけどやっぱりダメだった。私は絶望的な気持ちになった。シェアハウスで会った人や、今まで関わった人、どの人もいい人で大切だったけれど、その全員と関係が切れてしまってもいいから夫とだけは関係を切りたくはないと思っている自分がいた。この時には夫はそれほどまでに私の心を支配する人になっており、ここまできて私は自分の気持ちにやっと気付いたのだった。しかし、状況的に私が家を出ることは許されず、断るしかなかった。

これで母親の望み通り夫との関係も切れてしまい、今まで出会った人たちとも関係を絶つこととなり、また実家で絶望的な人生を送るしかないんだろうなという気持ちになっていた。今まで自分なりに頑張ってきたのに、母親の阻害《そがい》により、やはりすべて無駄になってしまうのかと思うととてつもなく悲しかった。

断りのＬＩＮＥをしたけど、当日になってしまったこともあり、申し訳なさすぎて返信を見る勇気がなかった。まあ怒られるか呆れられて関係が終わってしまうんだろうなと思っていた。

７月９日。もう一生連絡することはないだろうと思っていたのに、やはりどうしても気になってしまったのか、気づいたら夫からのＬＩＮＥを開いていた。

驚いたことに夫はまったく怒っていなかった。呆れてもいなかった。

急にドタキャンされたら誰でも怒ると思うし、もう会いたくないと思うのが普通だと思っていたので、なんて心が広い人なんだろうと思った。急にキャンセルしてしまったことをもう一度ちゃんと謝った。

交際0日でプロポーズされる

7月14日。実家で暮らしているとすべての行動に説明が必要なことが辛くなってきて、深夜にツイッターでそのことをつぶやいた。家から出たいけどお金がないことも。誰に向けてとかそういうつもりではなかった。

会いたい人にも会えない、行きたいところにも行けない、そんな生活がずっと続いていきそうなことに私は精神的限界を感じていた。

しかし、家を出るとしても生活していけるほどのお金もなければ生活力もない。このままではずっと実家に縛られて不自由なまま生きていかなければならないという絶望的な気持ちだった。

つぶやいてすぐ、夫から「電話していいですか?」とのLINEがあった。私はかなり驚いた。親もまだ起きていて、会話を聞かれる可能性があったけれど、自暴自棄になっていた私は電話に出ることにした。

電話で夫に「実家が辛いんだったら僕が養いますよ」と言われた。

正真正銘のプロポーズだった。

さすがの私もこれはプロポーズなんだと気付いた。ただ、頭が混乱してしまっていて、上手く話をすることができなかった。イエスともノーとも言わない非常に微妙な反応をしてしまった。

まったく話がまとまらなくなってしまったので、とりあえず次の日に予定されていた私のしょぼい喫茶店の夜営業で詳しく話をしようということにして電話を切った。電話を切ってから色々考えた。

考えた結果、プロポーズを受けようと思った。

これは私に降ってきた最高のチャンスだと思ったからだ。夫は私に好意がある。私も好意を抱いている。

私が他人と生活するのは普通の人に擬態するために気を遣ったりしてしまうのでかなり難しいけれど、夫の前ではありのままの自分でいられる。

そしてシェアハウスで一緒に生活したことから夫とは生活していけそうなことが分かっていた。結婚すれば私は実家から出ることができ、それにより色々な問題が解決する気がした。

何よりこんな私と結婚したいと思ってくれる人が現れたことが奇跡だと思った。これを逃したらもう誰も結婚したいと思ってくれる人は現れないのではないか。だから私はプロポーズを受けることにした。

しかし、それを伝えることが電話ではできていなかった。まずはそれを伝えよう。それと本当に家事も何もできない精神疾患持ちの私でもいいのかきちんと確認しよう。それでも本当に大丈夫だと言われたら具体的な話を少ししようと思った。

そこまで考えたら、しょぼい喫茶店の夜営業で話をするのは他のお客さんが来てくれていた場合に憚《はばか》られるなあと思い、急いで夫にLINEをしてしょぼい喫茶店の夜営業の前に近くの喫茶店で話をすることにした。

「家事も何もできないけど大丈夫ですか？」

7月15日。昼ごろ喫茶店で夫と会った。

もともと待ち合わせしていた店がまさかの翌日がオープン日でやっていなかった。そわそわして待ち合わせ時間の1時間前に店に行った夫がそれに気付き、暑い中他の喫茶店を探し回ってくれた。待ち合わせ時間の20分前くらいに待ち合わせ場所の変更の連絡がきて、その時間にちょうど駅に着いた私はすぐに夫の待つ喫茶店に向かった。

中に入ると、夫は手前のテーブル席に座っていた。落ち着いた雰囲気のお店で、窓際のテーブル席でおばさん6人組が世間話をしていた。カウンター席にはおじさんが4人座っていた。テレビもついていたけど、うるさい感じはまったくしなかった。むしろ誰にも会話を聞かれなさそうで安心したのだった。

夫がバナナジュースを頼んでいたので私も同じものを頼んだ。二人の間にぎこちない空気が流れた。夫はめちゃくちゃ緊張している。

とぎれとぎれの会話を少しした後に「僕はまなさんを養ってあげたいと思っています」

と言われた。かなり真剣な様子だ。

しかし私はまだ信じられない気持ちでいっぱいだった。「家事も何もできないけど大丈夫ですか？」と聞く。夫は「ただ家に居てくれるだけでいいです」と答える。

私は本当にそんなんでいいのかなあと思った。夫はすぐに結婚しなくても少し付き合ってから結婚してもいいし、住むところも私が好きなところでいいという感じだった。まさかすぐに結婚してくれるとは思っていなかったようで、「少し付き合ってから結婚しましょう」と提案してきた。

私はとにかく実家を出たくてしょうがなかったので「私はすぐに結婚でも大丈夫です」と答える。8月にはもう実家を出てしまいたかったので、それも夫に伝える。夫はさすがに少し驚いていた。

ただ、どういう手続きを踏んで結婚に至るのか私はよく分かっていなかったのでこれからどうすればいいのか二人で迷ってしまった。とりあえず住む場所を決めようということになる。すぐに結婚してもいいとは言ったものの、私は付き合いながら二人でシェアハウスに住むのでもいいと思っていた。

要するにこれからどうしようかという具体的なプランは二人とも特になかった。いずれは結婚しようという感じで婚約は成立したが、その後のことは本当に何も考えられなかった。

この時、もともと夫は前日の電話の感じからプロポーズを断られると思ってきていたので、何か決まっているはずもなかった。「とりあえずシェアハウスに二人で住みますか？」と言ったら夫は少し残念そうな顔をしたので、これはあまりよくないんだなと思った。確かによく考えればシェアハウスに住みながら付き合うというのはかなり難しい。どうしようかと思っていたら夫から「僕が新しく一人で住もうと思っている物件の内見が3日後にあるんですけど、一緒に行きますか？」と言われる。絶妙なタイミングだった。実家とシェアハウスという二つ以外の選択肢がでてきたことに私は心が躍った。

特に先の予定もなかった私は「ぜひ行きたいです」と答える。そこに住むことで決定はしなかったけど、私の中では既にそこは最有力候補になっていた。8月から一緒にそこに住めれば最高だなと思った。とりあえず婚約が成立し、3日後に内見に行くことだけが決まった。

喫茶店を出て時間を見ると、しょぼい喫茶店の夜営業までまだ少し時間があったので、中野駅の方まで歩いて婚約指輪を見に行った。お店に入って中を見たけど、結局何も買わなかった。

そこから歩いて喫茶店の方に戻ったものの、まだ時間があったので、夕暮れの中、近くの公園のベンチに二人で座り、ブランコをして遊ぶ親子を眺めていた。

これが幸せっていうものなんだろうなあと思った。とても満ち足りた時間だった。

その後は予定通りしょぼい喫茶店に行って夜営業をした。この日は初めて一人でお店に立つ日だった。お客さんが来てくれるか不安な気持ちもあったけれど、夫がお客さんとして来てくれて、私はそれだけでもう満足だった。お客さんが来る見込みは私の中ではあまりなかったけれど、何人かお客さんが来てくれて、その人たちとおしゃべりをして、とても楽しい夜になった。

夫は営業の途中で一度シェアハウスに戻ったのだが、締めの時間に戻って来てもらい、閉店後に店を締めに来たえもてんさんとおりんさんに二人で結婚前提でお付き合いをするという報告をした。思えばえもてんさんの一言からすべてが始まった気がしたので、一番最初に報告をしたかった。

二人ともまさか本当に結婚まで話がいくとは思っていなかったようで、驚いていたけど、喜んでくれてとても嬉しかった。

帰りに駅まで夫と一緒に歩いた。とても幸せな気分だった。

帰り際、「次、いつ会えますか?」と聞かれる。

そういえば私は夫の誘いを断ったりしていてなかなか会えないことが続いていたことを思い出して、申し訳ない気持ちになった。夫はまた私と会えなくなるんじゃないかと思って不安だったのかもしれない。

「明日は用事があって会えないけど明後日に会いましょう」と言ってその日は別れた。

第4章

交際0日で結婚したら人生最大の修羅場がやってきた

指輪づくり、新居探し

7月17日。結婚指輪を作りに原宿まで出かける。

夫の提案で指輪を自分たちで作ることができる工房に行き、お互いの指輪を作った。1本の銀の棒を削ったり熱でくっつけたりして3時間ほどで指輪が完成した。値段も高いものではなかったけど、私はそれで十分満足だった。

その後は遊園地に行ってジェットコースターに乗る。そういえばデートらしいデートはこの日が初めてだ。この時にいつ入籍するか話し合ったけど、何も決まらないまま解散してしまった。

私は正直、入籍する決意ができていなかった。すぐ入籍してもいいと思っていたのに、いざ入籍するとなるとなぜか渋ってしまう自分がいた。

その理由は入籍して名字が変わってしまうと、それに伴《ともな》って何もかも急激に変わって行ってしまう気がして不安だったからだ。

入籍しないで二人でどこかに行って生活を始めてしまおうかとも考えていた。とりあえず駆け落ちして、その後に入籍すればいいのではないかと。

入籍に伴って具体的に何がどういう風に変わるのかまったく分からず、私はどうしたらいいか分からなかった。

7月18日。昼に東京駅で待ち合わせをして新しく住む家の候補の内見に行く。行きは二人で電車に乗って行った。場所は神奈川県の海沿いだ。その地域には行ったことがなかったので、思っていたよりも遠くて驚いた。

夫の知り合いがその地域に不動産を多く所有していて、夫に部屋を融通してくれるとのことだった。名前を木村さんという。木村さんは夫がYouTuberとして悩んでいる時など、困っている時に相談に乗ってくれたり、アドバイスをしてくれたりと、夫がかなりお世話になっていた人だ。現地近くで木村さんと落ち合う。

木村さんの所有している物件でこの時に空いていたのは駅近くのワンルームの一室だけだった。ここがもともと夫が引っ越そうとしていた物件だった。とりあえずそのワンルームの部屋を見せてもらうことになる。築年数7年の白くて綺麗な部屋だった。とりあえずの生活はしていけそうだと感じた。

私たちはワンルームでも構わなかったのだが、二人で住むのにワンルームではどうかということで、そこからまた西に少し離れたところにある2DKの部屋も見せてもらう。部屋は広くていいと思ったのだが、周りが緑に囲まれていて、特に店も見当たらず、私は生活していけるのか不安に感じた。帰りは木村さんに送ってもらい門限の19時までに実家に帰った。

私はこの日初めて木村さんにお会いした。夫から話は聞いていたものの、どんな人か分からなくて不安だったのだが、とても優しい人で安心した。帰り際、入籍についての相談にも乗ってくれた。

7月19日。入籍の日取りもこれから住む物件も何も決まっていないままえらいてんちょうさん夫妻にご挨拶に行く。

えらてんさんには「婚約という状態を続けるな、今すぐまなちゃんの戸籍謄本《こせきとうほん》を取りに行き、その足でしんくんの地元に行って婚姻届を提出し、親に挨拶してこい」と言われる。

正直かなり驚いた。先が不安すぎるこの状態でそんなスピード感が出せるわけがなかった。

夫が「まなさんの実家の門限が19時なんで無理ですね」と言うと、「関係ない、関係ない。そんなの気にしてる時点で入籍できない」と言われる。そして門限の話から私の親のことに話が及んだ。

私の親のことはえらてんさんにも少し話をしていたのだが、説得するのはかなり難しいだろうとのことで、私もそう感じていた。それだったら最初から私の両親には黙って入籍し、両親との関係を一時的に断った方がいいと言われる。

実はえらてんさんの奥さんも実家との折り合いが悪く、入籍する時はえらてんさんが奥さんの両親に電話をかけ、「結婚します」という報告を一言しただけだった。

奥さんの両親からは「許さない」「認めない」というようなことを電話口で言われたが、

えらてんさんも奥さんも気にすることなく、奥さんの方は、両親の電話を着信拒否にし、自身の電話番号を変え、両親と一切連絡が取れないようにしたそうだ。

しかし、今となっては、奥さんはもう親と特に問題なく会ったり話したりできるようになったと言っており、それを聞いた私は少し安心した。そういうやり方もあるんだなあと思った。

奥さんに「両親と連絡を断つと困ることがあるの?」と聞かれたので、「何か困った時に頼れなくなってしまうので」と答える。それに対し、奥さんは「それは夫に頼ればいいんじゃない」と事もなげに答えたのだった。

後から奥さんに話を聞いたところ、この時の私は両親なしでは生きていけないという感じがかなり強く出ていたそうだ。確かに両親に嫌われて見捨てられたら生きていけないという思いが強かった気がする。だから入籍に関してもすごく不安だった。

勝手に決めて出て行ったはいいものの、もしダメになって実家に帰ることになってしまったらどうしようというネガティブな感情がこの時はまだ私の中に存在していた。どうしても両親から離れて暮らしたいという気持ちと、それでも両親に見捨てられたくないという相反する気持ちが私の中で交錯していたのだった。

結局二人して今すぐ入籍する決断ができずにいたら、とりあえず入籍した後に住む物件だけでも今決めたらどうかと言われる。えらてんさんは最初に夫にどこがいいか尋ねた。夫は木村さんのワンルームの物件がいいと答える。私もそこがいいと思っていたのでちょうどよく、入籍したらそこに住むことが決まる。

えらてんさん夫妻と話した結果、婚約はしていても入籍しないとただ付き合っているということと何も変わらないんだなと分かり、状況を変えたいのなら私たちは入籍をしなければならないんだと感じた。

入籍に向けて動き始めようと思い、えらてんさん夫妻と別れた後、私の戸籍謄本を取りに地元の役所まで夫と一緒に行った。門限までにできることはそれくらいだった。無事に戸籍謄本を取得し、帰りに私の地元の公園で二人でぼーっとしながら話をしていた。二人とも浮かれていて、そうしているだけで幸せな気分だった。

入籍と同居と家族旅行

7月20日。夫と電話して入籍する日と一緒に住み始める日を相談する。えらてんさん夫妻と話し、二人とも入籍はなるべく早くしてしまった方がいいという結論に至ったため、23日に入籍することを決める。日付に特にこだわりはなく、二人の予定が合う一番近い日にした。

一緒に住み始める日については、決める時に問題が一つあった。それは私の家族旅行が決まっていたことだ。それが7月31日から2泊3日で予定されていた。

私の母親は旅行が好きで、毎年夏休みに家族全員で旅行に行くことをとても楽しみにしていた。私が最初に家族旅行したのは1歳の時で、その時から毎年欠かさず家族旅行をしていた。誰かが欠けるのを母はとても嫌がり、一人でも行けなさそうになると「じゃあ旅行やめちゃおうか」と言って途端に不機嫌になってしまう。そのために毎年誰も欠けることなく旅行していた。

どうせ家族とは一時的に関係を断つつもりだったので、行かなくてもよかったのだが、旅行の前に私が失踪したら家族旅行どころでなくなってしまうだろうことが心苦しくて、一緒に行きたいと思っていた。夫もそれは行った方がいいと言ってくれて、家族旅行に行くことを了承してくれた。

そして旅行が終わった次の日が私のADHDの治療のために通っている病院の診察日だったので、そこに夫と一緒に行って、それが終わってから新居に住み始めることを決めた。

私は今すぐにでも実家を出てしまいたかった。だから、家族旅行が前々から予定されていたことにより、入籍しても1週間実家にいなければいけないと思うともどかしい気持ちがした。その間ずっとソワソワしてしまいそうですごく嫌だった。

7月21日。自身の戸籍謄本を取るために夫が地元に帰り、ついでに婚姻届を書き進めてくれていた。婚姻届を書くにあたっては、証人が二人必要だ。双方の親であったり、親戚の人に書いてもらうのが普通なのだと思うが、双方の親に黙って入籍する予定だった私は証人欄を誰に書いてもらうか悩んでいた。書いてくれる人なんてそうそういないんじゃないかと思った。

するとその日の夜、夫から地元の先輩と友達に証人になってもらったと連絡があり、心底驚いた。証人になったからといって何をしなければいけないということはないのだが、大抵の人は「証人」という言葉を聞いただけでなんとなく拒否反応が出るのではないかと思う。

それなのに夫は早急に証人になってくれる人を二人も見つけたのだ。本当に信頼されている人なんだなと思った。

7月23日。私は婚姻届を提出するために電車で1時間半ほどかけて夫の地元に出向いた。とてつもなく暑い日で立っているだけでも汗が吹き出た。駅まで夫が車で迎えに来てくれて、そのまま市役所へ向かう。婚姻届の大半はもう夫が完成させておいてくれたので、市役所で私が書かなければならないところを書く。

そして婚姻届を提出した。

晴れて夫婦となったのだった。

しかしあまりにもあっさりしすぎていて私も夫もなんの実感も湧かなかった。人生の一大イベントなのにこんなにもあっさりしたもんなんだなあと思っていた。

その後に夫の親御さんにご挨拶に行く。この時、私は初めて夫の実家に行った。1回目でもうすでに入籍したではさすがにおかしいと思い、私は彼女で、もうすぐにでも入籍する予定だということを話す。

夫の親御さんはいきなりすぎて驚いていたけれど、特に怒るわけでも反対するわけでもなく、好きにしたらいいという感じだった。それから私の自己紹介と、二人の馴れ初めを話す。親御さんはとても優しい人だったこともあり、私はとてもホッとした。

7月24日。朝から夫とデートをする。

スカイツリーに登り、その後浅草に行く。楽しかった。夢のような時間だった。

門限に間に合うように実家に帰ったが、もしかしたらもう入籍したことがなんらかの不手際でバレてしまっているのではないかと恐る恐る帰った。玄関から入ると、母のいつも通りの「おかえりー」という声が聞こえて、本当にバレてないんだなとそっと胸を撫で下ろした。

しかし、この後に重大なことが発覚する。それは私の保険証のことだ。親に黙って入籍してしまったのだが、保険が父の会社の扶養に入っていたままだったのだ。既に入籍しており、名字が変わってしまっているので、すぐに扶養を抜けなければならないことをこの時になって知った。しかしその手続きをすると、親に結婚がバレてしまう。私は絶望に陥《おちい》った。このままでは親に結婚がバレ、激しく責め立てられるであろうことは間違いない。私は親と衝突しないでいきなりいなくなっていきなり連絡を断ちたかった。夜ご飯の前に気づいたので夜ご飯がまったく喉を通らない。結局ほとんど残してしまった。

この日は毎年楽しみに見ている音楽番組の特番をやっていたのだがそれにもまったく集中できなかった。とにかく絶望に打ちひしがれた。とりあえず夫にＬＩＮＥをし、次の日に年金事務所と区役所に行って詳しいことを聞いてみることにした。

7月25日。夫に私の地元まで出向いてもらい、年金事務所と区役所に行く。先に年金事務所の方に、待ち合わせの駅から15分ほど歩いて向かった。年金の方は特に問題なかった。名字が変わったことだけを伝えてそれで終わる。私はかなり安心した。

年金事務所と区役所はかなり離れていて、その後暑い中をまた40分ほど歩いて区役所まで行く。保険のことを聞いてみるとやはり親の扶養を抜けなければならず、親にバレてしまう可能性が高いとのことだ。二人で絶望した。やってしまったと思った。もうどうしたらいいか分からなくなって、区役所の中の椅子で二人とも意気消沈する。

夫と少し話して、8月3日から新居に一緒に住む予定を変更して、もう明後日に実家を出てしまおうという意味不明な結論に至った。もうすべてから逃げてしまいたかった。

7月26日。母親の仕事が休みだったので実家にいた。昼頃、弟と母親と外にお昼ご飯を食べに行く。

しかし、この日もまったくご飯が喉を通らない。頼んだものをほとんど残してしまう。母がさすがに心配して「何かあったの？」と聞いてきた。母にはなんでもバレてしまう。最近様子がおかしいことに気づかれていた。

母は何かあると確信を持っているようだったので仕方なく大学の勉強を続けるのが辛いと言う。今度は母が絶望した。「大学辞めてこれからの人生どうするの」と言われる。私は何も答えられない。

食事中ずっと重たい空気が流れていた。重たい空気のまま家に帰り、母と何も話したくなかった私はしばらく部屋に籠《こも》っていた。ただ、ずっと部屋に籠っていても退屈なので、区の図書館で借りていた本を返しに行くことにした。もうそろそろ実家を出なくてはならなかったので返しておかなければと思ったのだった。

ちょうど夕方で学校や幼稚園が終わって自転車で子どもを連れて帰るお母さんたちがいっぱいいいた。無性に感傷的になってしまい自転車に乗りながらボロボロ泣いてしまう。私も母にこんな風に大切に育ててもらったのにその母を裏切って出て行ってしまうのかと思うと心苦しかった。実家にいると辛いことの方が圧倒的に多かったはずなのに、いざ出て行くとなるといいところしか思い浮かばなくなってくるのだった。

7月27日。もうこの日に家を出てしまおうと思っていたが、何もやる気が出なかったため、夫に家を出るのを次の日にしてもらう。これからどうしたらいいのか一日中悩んだ。悩んだ結果、やはり家族旅行は一緒に行った方がいいのではないかと思い直し、それを次の日に夫に伝えることにした。

両親に彼氏ができたと伝える

7月28日。この日の予定は、夫が住んでいるシェアハウスまで新生活に必要な私の荷物を持って行き、その後にしょぼい喫茶店の夜営業で私たちの結婚を祝う会を行い、終わり次第シェアハウスに戻り、荷物を積んで引っ越し先まで木村さんの車で向かい、一緒に新居に住み始めるというものだった。

当初の予定通り、まずはシェアハウスまで新生活に必要な荷物を持って向かう。シェアハウスまでは電車で行こうと思っていたのだが、少し前に私と夫と一緒にシェアハウスに住んでいた人が車で私の実家まで迎えに来てくれて、車でシェアハウスに向かうことができた。

この日はあいにくの台風の予報で、しょぼい喫茶店の夜営業を中止にするか悩んでいた。シェアハウスに向かう途中で昼ごはんを食べながら、夜営業をどうするか話し合う。やりたい気持ちも大きかったが、お客さんの安全に配慮して中止にすることを決める。

その後、シェアハウスに到着し、昨日一日考えた結果、やはり当初の予定通り8月3

日から一緒に住むことにしたいと夫に伝える。夫はそれを了承してくれた。台風の影響もあり、結局当初の予定はほとんど中止となってしまったのだった。この日は木村さんの車で夫だけ新居に行き、私の荷物も新居に運んでくれた。

複雑な気持ちでそれを見送り、夕方頃実家に帰ると、「台風なのに外に行ったのはおかしい。どうして外に出かけたのか」と両親に問いただされたため、仕方なく彼氏ができたと答える。シェアハウスに一緒に住んでいた人でイベント系の仕事をしている人だと説明したら案の定「そんな意味がわからない人やめなさい」と言われて終わった。

7月29日。浅草で夫とデートをする。私と一緒に新居に住み始めることができなくなった夫は、荷物を運び終えるとその日のうちにすぐ東京に戻って来ていたのだった。特に何もしないでぼーっとしたり話をしたりして過ごす。一人だと色々と不安になってしまうのでなるべく二人で居たかったのだと思う。

問題は山積みで、私の心はずっと曇っていたままだった。入籍したはいいものの、本当にこの先やっていけるのだろうかという気持ちになってしまっていた。それとは反対に夫はなんとかなるでしょといった感じだった。どこまでも前向きだ。

あまり現実的な話はしないままこの日は別れた。現実的な話をすると、夫まで絶望に打ちひしがれてしまう気がしてできなかった。夕方から地元の花火大会があったので実家の階段の踊り場から家族と花火を見た。これも実家での恒例行事で、毎年ご馳走《ちそう》を作ってそれを食べながら打ち上げ花火を見る。子どもの頃はこの日が楽しみで仕方がなかった。そんな花火大会を見るのもこれで最後になるんだなあと思うと少し寂しい気持ちになった。

7月30日。父の会社に保険のことで電話をする。父には内緒で扶養を抜けたいと言った。もう素直に話すしか方法が見つからなかったからだ。電話に出た女性の事務員の方が淡々としていて、私は勝手になんとかなりそうだと思った。それから郵便局に行って転居届を提出する。8月3日から転送してくれるとのことだった。次の日からの家族旅行の準備もした。

トラブル続きの家族旅行

7月31日。家族旅行1日目。夫との新生活のことが不安すぎて気が動転しており、生まれて初めて携帯電話を紛失する。パーキングエリアのお手洗いに携帯電話を持って行ったのだが、個室の中に携帯電話を置いたままツアーバスに乗ってしまった。すぐに添乗員さんに事情を話し、パーキングエリアの管理会社に連絡をしてもらう。幸いなことにそこがほとんど人の来ないパーキングエリアだったため、携帯電話自体はすぐに回収された。

旅行中だったため実家に帰っている3日の午前中に実家に届けて欲しいと言ったが、日時指定ができるか分からないと言われる。ここでまた絶望した。3日の午前中に届かないと、午後には家を出てしまって実家には帰らないことになっていたので、携帯電話が回収できない。

夜、家族共有のiPadでツイッターからなんとか夫に連絡した。かなり重大な問題だったのだが、夫は私がこれ以上落ち込まないように回収できなかったらできなかったで新しいのを買おうと言ってくれた。

8月1日。家族旅行2日目。携帯電話と新生活のことで旅行どころではなかった。

8月2日。家族旅行3日目も同じ様な感じで、ずっと気が動転したままなんとか旅行をやり過ごした。どこに行ったかも何を食べたかもよく覚えていない。後から家族に聞いたら相当機嫌が悪く、旅行中常にピリピリしていたらしい。本当に申し訳なかったと思う。

当初の予定では8月3日に、夫と私でADHDの治療のために通っている病院に行った後にもう新居に住み始めることになっていた。しかし、ここで人生最大の修羅場が訪れることになろうとは思ってもいなかった。

両親と人生最大の修羅場

8月3日。ADHDの治療のために通っている病院の診察日だ。携帯電話は、奇跡的に実家を出る前に私のもとに戻ってきた。奇跡としか言いようがない。この日、夫との待ち合わせ場所は決めていたのだが、私が場所を勘違いしていたため、その携帯電話がなければ夫と待ち合わせ場所で会うことすらできなかった。

無事に駅前で待ち合わせて一緒に病院のビルのエレベーターに乗る。

そこに突然、私の母親が入ってきた。

意味が分からなかった。私は頭の中が真っ白になる。夫はもちろんその人が誰か分からない。「誰だ?」という感じで母を見ている。頭が真っ白なまま病院に入るとそこに父もいた。もうなにがなんだか本当に分からなかった。

この状況を説明しておくと、先の保険証の件が影響している。保険証は父親の会社に電話した時点ではなんとかなると思ったのだが、結局一企業が親に黙って扶養を抜けるなどという異常な行動を許すはずもなく、電話を取った女性の事務員が父親に娘さんからこんな内容の電話がかかって来ましたと報告したらしい。

そして私が病院に行くために家を出るとき、新生活に必要なものを詰めた大きなバッグを持って出て行くところを家にいた母親に見つかってしまい、不審に思った母が父に電話。そこで父から母に私の電話の内容が伝えられ、母はこのままでは私と永遠に会えなくなってしまうと瞬時《しゅんじ》に悟り、慌てて追いかけて来た。父もこの一大事に会社で仕事をしている場合ではないということで会社を早退し、病院に来たというわけだ。

確かに私は両親と永遠ではないにしろ、しばらくは会わないつもりだったので母の勘は正しい。つくづく母って怖いなあ、なんでも分かってしまうなあと思った。私が分かりやすいだけかもしれないが。

病院に入り、両親と会話する私を見て、私の両親だと察した夫は両親に向かい、「みなさんとお付き合いさせていただいている者です」と名乗った。

両親の反応は「はあ……」と言いながらかなり戸惑った感じだった。診察を待っている間、父親が私に「本当に彼と結婚したいと思っているの」と聞いてきた。私は「うん」と答えた。もう既に入籍していたのだが。

夫は診察室には入れてもらえず、私と両親の3人で入った。両親は「今、結婚したいと言っている彼氏が来ているんですよ」と先生に言った。先生には「ここは治療をするための場所で治療以外のことは何もできないので、とりあえず4人で喫茶店でも行って話してきてください。話がまとまって戻ってきたらまた声をかけてください」と言われた。

診察室を追い出されてしまったので、4人で近くの百貨店の中にある喫茶店に入る。喫茶店では地獄のような時間を過ごした。両親は私たちが結婚していることは知らず、付き合っていてお互いに結婚したいと思っているぐらいに思っていた。

しかし、話している最中、唐突に母が「まさか入籍はしていないよね?」と質問してきた。

母は私たちの様子から何かを察したようだった。両親から逃げることばかり考えて生きてきた私はこの局面になっても最後まで既に入籍していることははぐらかそうと思った。

しかし、夫はすぐに「はい、もう入籍しました」と答えた。

私は目の前が真っ暗になっていくのを感じた。両親も真っ暗になったと思う。両親の「入籍したあああ?!」が店内に鳴り響く。その後、私の父はかなり厳しい言葉を浴びせてきた。

「結婚しちゃったって……そんなことして許されると思った?」

「結婚なんてしたって一つもいいことはない」

「これからお付き合いしたいならさせてあげようと思っていたけど結婚しちゃったんなら話が別だよ」

要するに絶対に認めない、許さないという感じだ。ここまで頑なな父の態度を見たことがなかった。母は気が動転してしまったのか私の悪口を矢継ぎ早に言い始める。

「この子は本当に何もできない子なんですよ」

「通院にお金がかかるし、ずーっと寝てるし」

その他にも私の悪口を思いつくままに言い続ける。あまりの言い様に私は夫が私のことも私の母のことも嫌いになってしまうのではないかとヒヤヒヤした。それでも夫は、

「まなさんのことを真剣に守りたいと思っています。僕にはまなさんとやっていく覚悟があります」と何度も言ってくれた。

それに対して両親は、

「あなたはそもそも私たちがこんなに大事に育ててきたのに、実家が嫌だって言っていること自体がおかしいと思いませんか？」

「この子の我慢がないだけなんですよ」

「まなは逃げグセがあって嫌になるとすぐ逃げるんですよ」などと言い始める。

そこまで言われても夫は真剣な様子で「そんなことないです。僕はまなさんを信じています」と言ってくれた。最後に両親は、「今は浮かれているからいいかもしれないけど、まなと暮らしているうちにこんなはずじゃなかったときっと後悔しますよ」と言った。

結局話は平行線を辿ったため病院に戻ることになる。気付くと2時間くらい話していた。

喫茶店から戻ると、病院はかなり混んでいて、1時間半くらい待たされることとなった。

絶望の時間だった。私はもうここの先生に呆れられ、見放されて治療終了になり、両親からも見放されて一生会えないかもしれないなどと考えていた。1時間半もの間4人全員でうつむいて一言も話さなかった。

診察室に入って一言目の母の言葉が忘れられない。

「もう入籍しちゃったんだそうです……」と、額に手を当てて本当に絶望しながら言っていた。

それを聞いた先生は予想通りだったのかあまり驚いた様子もなく、色々と質問して来た。「結婚生活にいくらお金がかかるか分かってる？」とか、「彼のことが本当に好きなの？」とか、「彼の好きなところを5つ挙げて」とか聞かれた。私はすべての質問にあまり上手く答えることができなかった。

先生は私が夫のことを好きではないけれど、「養うよ」と言われた言葉に反応して、自分が楽な方に逃げるために入籍してしまったと推察したみたいだ。

「彼のことが好きじゃないんだったらあなたはただ彼を利用しているだけになるよ」

「このままじゃ彼が完全なる悪者になってしまうから、あなたが彼を擁護しないと」とも言われた。

それでも私は上手く気持ちを言葉にすることができないままだった。

私が何も答えられないからか、先生は問いただすのをやめ、今の状況を冷静に分析し始めた。入籍してしまったのなら、今更無理やり別れさせることはできないので、そこを咎めることは建設的ではないと考えたようだった。その後、先生はこれから私がどうしていくべきかということと私の両親がどうやって私を支えていくべきかということについて話し始めた。

もし新婚生活が上手くいかなくなり実家に戻ってきたとしても、それはそれで受け入れましょうとも言っていて、両親も納得していた。両親も先生も結婚生活が上手くいくとは微塵も考えていなかったようだ。そして1ヶ月に一度夫と私の両親と私が会って私の様子を伝え合い、様子がおかしくなったらすぐに病院に相談するということで話がまとまった。

その日はもう実家を出て夫と一緒に住む家に行こうとしていた。両親は連れ戻す気だったと思うが、先生が「もう行っちゃいなさい」と言った。両親もこれに従った。これももう入籍してしまったのだから、一緒に住むことは当たり前で、それを今更止めるのはおかしいということだったのだと思う。

改めてこの日のことを思い返すと、第三者が介入したことはとても大きかったと思う。両親と私がぶつかっても、完全な感情論になってしまい、現実を受け止めることも、受け止めた上でどうして行くか冷静に考えることもきっとできなかった。それは親が娘のことを思う気持ちが大いに働いてしまう結果だと思う。

しかし、第三者は、感情に惑わされることなく、冷静に判断することができる。もちろん赤の他人では何の意味もないけれど、1年間私の症状が少しでもよくなるように治療してくれた先生だ。私のこれからのことも考え、その上で冷静な判断をしてくれた。両親も、1年間の治療で症状が改善されるところを間近で見ており、先生が私の気持ちを理解していることを感じていたのだと思う。そのことから先生を信頼していて、先生の判断に従うことに納得したようだった。

それと、入籍してしまっていたことも大きいのだと思う。入籍していなかったら、先生も夫と一緒に住み始めることを了承はしなかったかもしれない。その結果私は実家に連れ戻され、異常な行動をしないようにと外に行くことさえ制限されていたかもしれない。これは母親に「まさか入籍はしていないよね？」と聞かれた時に、夫がためらわずまっすぐに「もう入籍しました」と言ってくれたおかげだ。

あの時は目の前が真っ暗になったけれど。夫は突然会ってしまった私の両親に対しても真摯に向き合おうとしていた。本当にすごい。正直に話すということはとても大事なことだと学んだ。私は何をやっても反対されるだけだからという理由で、親と真剣に向き合うことを長らく放置してしまっていた。正直に話すことでいい方向に向かうこともあるのだと思った。

父親から出た言葉「娘をよろしくお願いします」

二度目の診察の時も、夫は診察室には入れてもらえず、その間ずっと待合室で待っていた。診察室で1時間半くらい話していたけど、先の喫茶店での様子から夫はうまく話がまとまるとは夢にも思っておらず、もうダメだと思っていたらしい。

それが診察室から出てきたら、診察前とは真逆の、私たちが望むように話が進んでいて、夫は心底驚いていた。当たり前だが、何が起きたのかまったく分からないという感じだった。私が事情を説明する間もなく、薬をもらうために薬局に行くと、そこで父親が夫に「娘をよろしくお願いします」と言っていて、もう夫は何が起きたか分からず完全にポカーンとしていた。それくらいの劇的な変化だった。

10時からの診察だったのに、すべてが終わって涙を流しながら私を見送る両親と別れたら17時くらいになっていた。

お腹が空いたので駅の中のチェーン店でうどんを一緒に食べた。その後に何もかもが上手くいったお祝いをしようということになって、二人で少し高級なお寿司を食べにいった。

達成感に満ち溢れ、充実した気分で食べたあのお寿司屋さんの光景は今でも忘れない。とても幸せな時間だった。

その後、無事に二人で新居に向かうことができたのだった。

第5章

はじまった結婚生活

ようやくおとずれた幸せな日々

私たちの新生活がスタートした。白くて綺麗なワンルームの部屋には家電はなにも置かれていなかった。冷蔵庫も洗濯機も何もかも。あった物は私たちが住んでいたシェアハウスの住民だった人からもらった布団1組と二人の必要最低限の荷物だけだ。

普通の人は新生活のために家電や家具を揃えたり、家具の配置を決めたりした後に実際に引っ越し作業を行い、新生活のための準備をきちんとするのだろうけれど、私たちはそういうことは何もしなかった。夫はシェアハウスから引っ越してきたから家電はほとんど何も持っていなかったし、私は実家から出てきたので同じく持っていける家電は何もなかった。

当時の私はシェアハウスで生活するのも辛く、実家に居るのも辛かったので、とりあえず雨風がしのげる場所と、食べる物と、あとは夫がいればなんでもよかった。

初めて買った家電は炊飯器だ。

結婚祝いにいただいたお米があったので、これを炊いて食べたいと思って買った。しかし、白いご飯だけでは食べられないのでわかめご飯にしようと、夫が近くのスーパーでわかめを買ってきて、塩抜きもせずにそのまま炊飯器に白米とわかめを入れて炊いたわかめご飯もどきは、とても食べられたものではなかった。

ちょうどこの頃、家を融通してくださった木村さんが新しく飲食店を始めることになっていた。8月中のオープンを目指していて、私たちはその準備をほとんど毎日手伝っていた。

昼に起きて、真夏の日差しの中、洗濯物を担いでコインランドリーまで自転車を走らせる。洗濯中は暑いので一度家に帰り、洗濯が終わった頃にまたコインランドリーに向かい、濡れた重い洗濯物を担いで持って帰り、ベランダに干した。その後は掃除をしたりご飯を食べたりしてお店に行く。準備を手伝い、お店について話し合い、帰ってくる頃にはもう夜中になっていた。

夜中はもうどこのお店も閉まっていて、それでも喉が乾くので、家の前の自販機で100円のジュースを買って二人で飲む。自炊することもできなかったので毎日のように食べていた牛丼やお弁当は2週間ほどで飽きてしまった。

私たち二人は本当に何も持っていなかったけれど、毎日幸せだった。

私が幸せを感じていた理由は三つある。

まず、夜出歩けることだ。結婚してから、夜帰る時間を気にしないで外出できるようになった。実家にいた頃は夜外出する時は門限までに帰れるようにと常に時間を気にしていたので、それがなくなっただけで解放感がすごかった。

そして、好きな時間に起きてご飯を食べてお風呂に入って寝られること。昼に起きても何もとがめられることがない。実家だと母親が家にいる時に昼に起きると「寝すぎじゃない」などと言われたし、母親が仕事に行っている時は昼ご飯も用意されていて、食べなければいけないというプレッシャーがあった。

昼ご飯があることはありがたいことなのだが、私は大体昼に起きるので毎日昼ご飯を食べることは結構大変だった。また、夜ご飯までには家に帰ってご飯を食べなければいけないというプレッシャーも常にある。

夜ご飯が終わっても、お風呂に入る順番も決まっていたので、母親がお風呂に入るまで待たなければならない。順番は私が小学生の頃から決まっていた。母親が一番最初に入るのは絶対で、それ以外の人が一番最初に入ることは許されない。母親は仕事の日は疲れてしまって、夜ご飯を食べた後1時間以上寝ていることが多かったので、早く入りたくても待たなければいけなかった。しかも、家族5人入らなければいけないので順番が2番目の私は母親が出たらすぐに入らないと怒られてしまう。

夜帰る時間とそれからの行動はすべて決められていたようなもので、それがなんとも窮屈《きゅうくつ》で仕方なかった。

しかし、新居に住み始めてからはそれがまったくなくなった。何時に起きてもいいし、お腹が空いたら何か食べればいいし、お風呂も何時に入ってもいい。ものすごい自由が得られた気がした。何も制限されない生活ってこんなに楽なんだなあと思っていた。

そして、詳しい外出の説明をしなくていいこと。夕方に出かけて夜に帰ってきても何も言われないことが嬉しかった。大体買い物で出かけるのだけれど、「買い物に行く」と言えば夕方からでも出かけられる。実家にいた時は買い物でさえ夕方から出かけることは許されず、外出することがほとんどできなかったけど、何もとがめられることがなく家を出ることができるようになった。

そして何よりも、夫といられることが幸せだった。結婚してすぐの頃、夫は在宅の仕事をしていたので、ほとんどの時間一緒にいられた。

夫と一緒にいて、話したり出かけたりすることはとても楽しい。一緒にいても何のストレスもない。一緒にいてストレスがまったくない人と暮らすのはこんなにも楽なんだなあと思った。

そんな感じで、新生活はとても楽しかった。先のことに不安がないわけではなかったけど、実家から解放された私は幸せで仕方なかった。

結婚して1ヶ月ほど経った頃、ワンルームの部屋から2DKのアパートに引っ越すことになる。それまでは生活に自由を感じていたものの、洗濯機も冷蔵庫もなく、日毎に必要なものを買ってなんとか生をつないでいる感じだったので、これからもう少しちゃんとした生活をしていきたいなと思っていた。

そのために、まずは家電を揃える必要があった。といっても家電はほとんどを夫の知り合いに譲ってもらったため、買ったのは洗濯機くらいだったのだが。

引っ越して10日ほど経った頃、初めてパスタを茹でて食べる。それまですべての食事が外食や弁当だった。私はパスタやうどんの茹で方さえ知らなかったので、夫に教えてもらいながら完成させた。自炊とまでは言えないものだったけれど、家で作って食べるご飯は温かくて美味しくて、幸せな気持ちになった。

私はとても幸せだったけれど、家電を揃えたり、生活の基盤を作ることで時間が過ぎて行ってしまい、夫の仕事が滞るようになり、夫が困ってしまっていた。

この頃の夫はYouTuberをしていた経験を活かして、動画編集の仕事をたくさん請け負っていたのだが、動画編集をする時間をあまり作り出せないでいた。私はなんとか力になりたいと思い、一番簡単な作業だけ憶えて、夫の仕事を少し手伝っていた。少しでも夫の力になれている感じがして嬉しかった。

長年の呪いがとかれる

この頃から私のこれまでの価値観も大きく変わっていったと思う。

夫と暮らし始めて、自然体で生きられるようになっていった。それまでは周りに少しでもよく思われたいから、眼鏡の方が楽だと思ってもコンタクトにしていたし、安くてシンプルな服が着たいと思っても、少し高くてかわいらしい服を選んで買っていた。

目にトラブルが起きても人目を気にして頑なに出かける時はコンタクトをしていた私だったが、9月中旬、夫と眼鏡を買いに出かけた。それまではまだ毎日コンタクトをしていたのだが、パソコンやテレビ画面に向かっている時間が長くなり、乾燥がかなり酷いので眼鏡にしたいと思うようになっていた。眼鏡をかけるとブサイクに見えると思っていたのであまり好きではなく、高校の時から毎日コンタクトをつけるようになった。なので、この時持っていた眼鏡は全然度が合っておらず、その上フレームが少し歪んでいた。

そんな私がなぜ眼鏡でもいいと思うようになったかというと、夫が眼鏡をかけたほうが好きだと言ってくれたからだ。

ずっと眼鏡をかけた自分はブサイクだと思っていたのに夫に肯定されるだけで眼鏡をかけて出かけても大丈夫なような気分になっていた。何年も眼鏡で出かけることなんてできなかったのに本当に不思議だなあと思う。

服も、夫がTシャツとジーパンが好きだと言うので、毎日そういう格好をしていた。それが一番楽だし、そうしたいと思ってはいたのだが、何となく出かける時にそれだと周りの目が気になってしまうため、見栄を張ってかわいらしい服を着ていた。

しかし、夫といると、今までずっと張り続けていた見栄がすっとなくなっていくのだった。見栄を張らなくても、自然体で生きても全然いいのではないかという気持ちになってくる。

普通に生きているとどうしても見栄を張ってしまう。そうするとすごく疲れてしまうと分かっていても、どうしても世間の目を気にしてしまう。周りの目を気にしない夫と結婚できて本当によかったなあと思った。夫はいつも自然体で生きているし、だから私も自然体でいられるのだと思う。夫はよく「頑張ることは続かない。楽なのが一番いい」

と言っていて本当にその通りだなと思うようになっていた。

また、私はやらなければいけないことを先延ばしにする傾向がかなり強かったのだが、結婚してからはそれが少しよくなった。二人で生活していて、やらなければいけないことを先延ばしにすると生活が破綻《はたん》するという状況になってしまうのでやるようになったという感じだ。実家にいる時は最悪親がやってくれたし、基本的に面倒ごとは親任せだった。

夫に助けられている部分は多分にあるが、自分でできることも多くなっていった。電話をかけるのがすごく苦手だったのだが、夫は困ったことがあると何でもすぐに電話するタイプの人で、「困っている人には意外とみんな優しいよ」と言われたのがきっかけで、何かあればすぐに電話することができるようになった。また、どこかに行かなければいけないけれど、めんどくさいと思っていると、夫が行こうと言って車を出してくれるので、用事を先延ばしにすることもあまりなくなった。

先延ばしの癖で一番困っていたことは、片付けのことだ。実家では部屋に主に服が散乱してしまい、しかもその状態のまま1週間くらい放置することも普通にあったのだが、

結婚してからはそうなる前に片付けができるようになった。実家にいると散らかってい
ても困るのは自分だけだったし、意外と気にならなかったりしたのだが、結婚してから
は困るのが自分だけではなくなったため、やらなければという気持ちが働くようになり、
ひどく散乱する前に片付けができるようになった。

そして私は結婚してから人生で初めて人と向き合うようになった。

普通の人は普通に人と向き合って生きているのだろうけど、一番身近な存在の母親が
よくヒステリーを起こしていたため、私は回避性パーソナリティ障害（拒絶、批判、ま
たは屈辱を受けるリスクを伴う社会的状況または交流を回避することを特徴とする）の
ような状態になっている。

要するに、相手が否定的な感情を表してきたり取り乱したりしているとめんどくさい
と思ってそれに向き合わずに諦めてしまうのだ。

普通の人は他人が泣いたり喚《わめ》いたりしていると「どうしたの？」と声をかけたり解決
策を見つけてあげようとしたりする。しかし、ヒステリーは対応してもどうにもならな
いため、そのような行動をする相手とは距離を置く。

私は他人と関わる中で少しでもめんどくさい問題が発生すると、関係を一切断ち切ってきた。その方がよっぽど楽だからだ。そして他人と真剣に向き合うことをしないまま生きてきてしまっていた。

また、私はＡＤＨＤの特徴で自分の感情を表現することがすごく苦手だ。幼稚園のころから先生に「泣いているだけじゃ何も伝わらないよ」と言われていた記憶がある。何か辛いことや我慢できないことがあって泣いているのだが、それを言語化することが極端に苦手で、自分の気持ちをうまく説明することができなかった。そうすると、周りの人からは変な子だと思われて終わってしまう。

自分の気持ちを表現できないでいると、そのうち自分が何を感じているのかも分からなくなる。例えば、感想などを聞かれると途端に反応に困るのだ。ずっとそんな感じで生きづらいなあと思いながら生きてきた。

結婚してからも夫の前でいきなり泣き出すことが何度かあった。自分の中では色々な感情が渦巻いた結果泣いてしまっているのだが、夫から感情は見えないのでいきなり泣き始めたと思われてしまう。どうして泣いているのかまったく分からないため夫は反応に困る。

そんなことが何度かあり、このままでは夫を困らせたまま終わってしまうと思い、なんとか自分の感情を捻《ひね》り出さなくてはと思うようになった。

はじめて感じた「自分の気持ちをわかってほしい」

9月のある日、色々と辛いことが重なって泣き始めてしまったのだが、自分が何を辛いと思っているのか必死に考えた。頭の中でそれを言語化して、何度もそれを伝えるシミュレーションをした。

そんなことをしたことは今まで一度もなく、他人に理解されなくてもいい、変な子だと思われたら関係を断とうと思って生きてきた。だけどそうしないのは、夫と関係を切ることは絶対したくないし、夫を大切に思っているからだった。

そして、つたなくはあるけれどなんとか気持ちを表現した結果、夫に気持ちが伝わり、日々夫が何を考えたり感じたりしているのかも知ることができて、私の気持ちも落ち着いた。

結婚して初めて他人の感情に真剣に向き合おうと思ったし、自分の感情とも真剣に向き合い始めることができた。これは私にとっては大きな成長ではないかと思う。

自分の感情と向き合うことも他人の感情と向き合うことも簡単ではないし、避けて通れるならそうしたい道だ。辛く、大変なことではあるけれど関係を保っていくためには必要なことだと思うようになり、大切な夫との関係を保つために頑張っていこうと思うようになっていた。

同時に様々な問題も浮き彫《ぼ》りになっていった。

まず困ったのは、結婚して名字が変わったことにより身分を証明するものがなくなってしまったことだ。手続きに行けばいいのだが、このころは深夜に寝て昼や夕方に起きる生活をしていて、しかも起きてから活動を開始するまでに時間がかかっていたので、市役所や大学に赴くことさえも困難だった。

また、書類を書くのも面倒で、どうしても先延ばしにしてしまい、なかなか手がつけられない状態だった。

実家にいた時は私が生活していくための諸々の手続きはすべて父がやってくれていたので、私は何もする必要がなかった。名字が変わったことによる諸々《もろもろ》の手続きが多すぎる上に、無気力の傾向が強かったことも相まって本当に終わらず、とても大変な思いをした。ようやく写真付きの身分証明書を得たのは結婚して1ヶ月半が経ったころだった。

一定のモチベーションを保つことが難しく、やる気のある時とない時の差がとても激しいことも新生活では問題になった。私はやる気のある時は、やろうと思ったことがなんでもできてしまうのだが、無気力な時は本当に何もやる気が起きない。目が覚めてもひたすらだるく、一日中布団の中にいるような生活になってしまう。やらなくちゃいけないことがたくさんあっても、起き上がることすらできなかったりする。

また、今、やる気がすごくても明日にはどうなっているか分からない。今日元気だから明日も元気ということではないのだ。

その一方で、明日ダメだろうなと思っていても意外と元気だったりもする。その予測ができないのも結構大変だった。実家にいる時はやる気がある時だけ活動してダメな時は寝ていても生活できたのだが、夫が仕事で忙しく私が家事をしなければいけない状況だとそうもいかない。

料理は毎日しなければ結局外食か弁当になってしまうし、洗濯物はやらなければどんどんたまり続けるし、掃除をしなければ家はどんどん汚くなっていく。一時的にめちゃめちゃたくさんやったからといってそれで終わるものではなく、継続的にやらなくてはいけない。

一定のモチベーションを保つことができない私にとってこれは結構大変なことだ。

この問題で一番大変だと思ったのは料理だった。普通の主婦だったら安い時に大量に購入したりして、材料をやりくりし、毎日料理をするのだろうが、モチベーションを一定に保つことができない私にとって、それは不可能だった。安く材料を買えたとしても、次の日から1週間無気力が続いたらその材料は無駄になってしまう。

そう考えると、安いからといって安直に買うことはできないのだが、やる気があって料理をしたい時だけに材料を買っていると安く買うことはなかなかできない。でもだからといって安く大量に買って使わないで捨ててしまうのももったいない……と、スーパーに行ってはぐるぐると考えてしまうのだった。

ただ、できなかったからといって責めてくる夫ではないし、洗濯や掃除は私ができなければ夫がやってくれるのでとても助かっていた。料理も毎日やらなくても外食や弁当でいいと言ってくれる。夫は私がやる気がない時にずっと寝たきりでも一言も文句を言わないし、むしろ色々やり過ぎていると心配するくらいだ。

私が普通の人と比べて格段に体力がないことや、頑張りすぎると疲れて何もできなくなってしまう日もあることなどを理解してくれている。それは非常にありがたいことだ。

ADHDだと、やる気の波が激しかったりするので、完璧を求めてくる人とは一緒に生活できないだろうなあと私は思う。しかし、寛容な夫だからといって何もやらなくていいわけではないので、私も私なりに頑張らないといけないと思って日々生活していた。

夫の言葉で一喜一憂してしまうのもなかなか大変だった。

10月のある日、夫から少し強く責められた気がしてとても落ち込んでしまった。私は夫の言葉で落ち込んでしまうことがよくあるのだ。

夫は強く言っているつもりがない言葉でも、私には強く感じられてしまったりする。

夫に責められた気がすると、私はこの世に存在価値がないのではないかと思うくらい落ち込んでしまう。自己肯定感が低すぎるため、ちょっと強く責められた気がしただけでそこまで落ち込んでしまうのだ。

この日は、自分の一言で落ち込んでしまった私を慰めようとして、夫がかなり頑張ってくれた。しかし、そのことに時間をかけ過ぎてしまい、次の日までに終わらせなければいけない仕事をする時間がほとんどなくなってしまった。それを聞いた私はさらに落ち込んだ。夫の仕事を邪魔してしまうなんて私は最悪の人間だと思った。

次の日になっても、夫の仕事を邪魔してしまったという事実が私の胸に重くのしかかっていて、気分は塞《ふさ》いだままだった。この日は夫が仕事で出かけてしまっていたので、気晴らしにショッピングモールに行った。しかし、私の気分が晴れることはない。出かけている間に夫から家に帰ってきたとの連絡があったため、私はすぐに家に帰った。

家に帰り、夫と話をしていると、夫が「まなさんがいるから俺は仕事を頑張れる。もしいなかったらそもそも仕事を続けるモチベーションが湧かないくらいだ」と言ってくれた。

この一言でだいぶ気持ちが楽になった。私がいることによって仕事を頑張るモチベーションが湧くのなら、私の存在価値があるのではないかと感じられたからだ。私は本当に単純な人間だなと思う。

でも、案外人間ってそういうふうに結構単純なものなのではないかなとも思う。人間はみんな、恋人や配偶者の一言で落ち込み、一言で嬉しくなる、そんなものではないだろうか。落ち込んだとしても夫の一言で回復してしまうというのはいいことでもあるのだが、その反面あまりにも気分が左右されるのは私にとっても夫にとってもよくないことだとも思っており、もうちょっとしっかりしなきゃと思い始めていた。

母の毒にやられる

そして何よりも一番辛かったのは、通院のために電車で1時間半かけて病院まで行き、しかも両親と診察を受けなければならないということだった。

私は精神科と心療内科の両方に通っていて、両方とも1ヶ月に1回通院しているため、月に2回は1時間半電車に乗って通院しなければならない。

また、両親と会うのも辛かった。一応結婚は認めてもらったものの、このころは特に母親がまだ結婚について完全に納得しておらず、実家を出ていったことを不満に思っていた。いつも実家のどこが嫌だったのかと聞かれるため反応に困る。生活のことも心配なのか色々と問いただしてくる。

そして、家事などどうせ大したこともできていないんでしょと私を否定し始める。本当は「あなたのそうやってなんでも問いただしてくるところとか、時々ヒステリーを起こすところとか、何かにつけて私を否定してくるところが嫌だったの」と言いたいのだが、母親が余計に傷つくだけなので言うことができない。

父はもう既に夫のことを気に入ってくれていて、私が元気そうならいいという感じだったので、母に問いただされていると助け舟を出してくれたりするのだが、それにしても辛かった。

また、母は行くたびに「実家に泊まっていけ」としつこく言ってくるのだった。会うだけでも色々と質問されたり、私を否定してきたり、自分の自慢が始まったりで辛いのに、実家に泊まる決断なんてできるわけがない。しかし、母親は私がいなくなって寂しくなってしまったのか、かなりしつこくて、断って別れるのも大変なのだった。

しかも、私は母に会ったあと何日かは母に影響されて頑張りすぎてしまうのだった。料理なんてほとんどできないのに、母親に「料理をした方がいい」と言われたらその通りにしないといけない気がして、頑張ってやろうとしてしまう。母はパートに行きながら家事もすべてこなしてしまうような人だ。もともと私は尋常じゃなく体力がないので、母親のように家事をこなすなんて到底不可能だ。

しかし、母親に会って色々言われていると、どうしてもやらなきゃいけないような気がして、何日かは頑張ってしまうのだ。その結果、途中で疲れてしまい、やろうと思っていたことが完全にはできなくなってしまう自分に嫌気がさして、少し落ち込んでしまったりする。

そんなことをずっと繰り返していた。家の近くで精神科を探し、もともと通っていたところには通わないという選択もできた。しかし、そうすると両親との関係が悪くなってしまう。私としてはそれは避けたかった。

それに何より、今までずっと診てもらっていた病院に通わなくなったら私の精神は不安定になるのではないかと不安で仕方なかった。結局決断ができないままズルズルと通院を続けてしまうのだった。

「良い子」であり続けた人生

私はずっと母親の機嫌を窺って生きてきた。しかし、一昨年のある日、ふと「なぜ私は20歳にもなるのに母親の言うことすべてに従って生きているのだろう。同い年の他の子たちはもっと自由にやっているのに」と思った。そして今まで感じたことのないその感情にとても戸惑った。

なぜ唐突にそんなことを思ったのか、今でも理由はよく分からない。それまでは母親の言う通りに、母親にとっての「良い子」であろうと過ごしてきたのだが、この日、突然急激に心がサーッと冷めていくのをはっきりと感じた。それから「良い子」でいることが途端にバカバカしくなった。

それと同時に自分の理想ばかりを押し付け、色々なことを強要してくる母親に対してとてつもない怒りが湧いてきた。そしてこのような感情から私は家出に始まる色々な行動を起こしたのだった。

なぜ、20年間もずっと母親の言う通りに生きていたのか。その理由は結婚して母親と離れてからようやく分かった。

母親の言う通りに生きていれば、母親が常に上機嫌だからだ。私が母親の言う通りに行動しなければ、母親は途端に不機嫌になる。不機嫌というのは単に機嫌が悪いだけではなく、ヒステリーを起こしたり、私を否定してきたりするのだ。一緒に暮らしているのに、母親がそんな状態だとかなり辛い。それを避けるために私は母親の言う通りに生きていたのだ。

私の母親は猛烈な過干渉で、子どもたちの生き方や暮らし方にまで一々口を出してくる人だ。小さいころから外出する時は「誰と、どこで、何時まで遊ぶのか」を明確にしないと外出を許されなかった。

友達と遊びに行くといっても、「なんていう子？　仲良いの？　どこで？　何時まで遊ぶの？」という感じで質問責めにされる。相手が男の子や母親の気に入らない子だと「やめたほうがいいんじゃない？」とまで言われる始末だった。

母親がいない時に黙って外出すると、大体18時ごろには電話がかかってくる。そして、電話口で、激しい口調で責め立てられる。それはまるで恐喝のようだ。

「どこで何やってるの！」

「何時に帰ってくるの！」

「そんなとこにいないで早く帰って来なさい！」といった感じである。

それだけで終わればまだいいのだが、家に帰ると人格否定が始まることもあった。

「なんで言うこと聞かないで好き勝手やってるの！」

「そんなんだからあんたはダメなのよ！」

「あんたはここが間違ってる！　親の言う通りにやりなさい！」といった感じだ。

母親は自分の言う通りに私が行動すれば私の人生が上手くいくと思い込んでいるのだった。

私が暴言に耐えかねて「私を否定してばかりいる」と言うと「否定するってねえ、あんたと私は友達じゃないのよ！　対等じゃないんだから否定じゃない！　これは教育なんだ！　ダメなところを教育しているんだ！」と始まる。母親にとって私を否定することは教育であり、ダメなところを直してあげるためにすることらしい。

これが始まると私はもう反抗する気もなくなってしまう。もう何を言っても無駄という感じだ。「教育」という盾を使って母親はやりたい放題やっているのだった。「教育」というところでいうと、母は教育にやたらとお金をかける人だった。自分の子どもたちは頭がよく、そこらの子どもとは少し違うんだと思っており、それを誇りに思っていた。

私は5歳の頃からピアノを習っていたのだが、週1回のレッスンには母が必ず付き添っていた。最初、本当に簡単な曲の練習をしていた時は、付き添っていた母が先に曲を覚えてしまい、家で私に指導していたほど熱心だった。

小学生になり、初めて発表会に出ることになった時には、放課後ほとんど毎日母と児童館に行ってグランドピアノで練習をしていた。当時は実家の練習用のピアノがキーボードのようなもので、軽い力で簡単に弾けてしまうものだった。それで練習していると、本番でグランドピアノを弾く時に苦労するから、なるべく鍵盤が重いもので練習した方がいいと講師に言われたため、毎日わざわざ児童館まで行って練習していたのだった。

小学1年生の時、授業参観に来た母親は「何これ、学校なのに遊んでばっかりじゃない、こんなので本当に大丈夫なのかしら？」と口にしていた。母が学校教育を受けていたころはひたすら詰め込み教育で、朝から晩までみっちり勉強をやらされていたらしい。

それに比べて、私たち兄弟は完全なゆとり教育世代で、勉強というよりは遊びに近いようにみえる授業も多かったので、母は不安に思ったようだ。学校教育だけでは不安だった母は、兄にも私にも弟にも小学1年生の頃から進研ゼミの小学講座をやらせていた。

私の育った地域は学力のレベルが低いところだった。学区の中学校はかなり荒れていて、タバコを吸う子もいればいじめも横行しており、暴れる子に対し、教師が対応しきれず警察を呼ぶこともあるとうわさされていた。

そんなところに進学させられないと思った母は兄に中学受験させることを勝手に決めた。最初は地元で一番レベルが高い公立の中学校に入学させるのが目的だったようだ。

ただ、兄が入った塾はスパルタで有名な中学受験専門の塾で、入塾テストの時点でかなりの成績を収めてしまった兄は塾側にかなりの期待をされてしまう。塾は進学実績をあげるために「最難関校に入れますよ！」「東大も夢じゃないですよ！」と煽ってくる。最初は疑っていた母も段々乗り気になり、多額のお金を塾につぎ込む。それはまるでギャンブルのようなものだったと感じる。

もともとの塾の学費だけで相当高額だったのに、「特別夏期講習」だの「最難関校対策」だのなんだのでどんどんお金を取られていってしまうのだ。私も兄が先に入っていたからという理由で入塾させられていたので、二人分の学費は相当高額になったと思われる。

私の家はいわゆる中流家庭という感じで、普通に暮らしていればそれなりに裕福に暮らせたのだと思う。それなのに、母が中学受験の費用や進学先の私立の学費、マンションのローン、自身の見栄のために買うブランド物にお金を投じてしまうことで、日々の暮らしであまり裕福だとは感じることはなかった。

母はいつもブランド物を身につけていたし、私たち子どもにもいいものを着せていて、その上塾も含めた習い事をたくさんやっていたことから、周りにはお金持ちだと思われていたが、母はよく「うちはビンボー」と口にしていた。当時は本当にビンボーなんだなと思っていたけれど、今思い返すと、決してビンボーなんかではなかったのだと思う。ただ、母がやりたいことをすべてやるにはお金が少し足りなかっただけだ。家計は、頭のいい子を持ち、いいところに住み、ブランド物を身につけていたいという母の見栄で侵食されていた。それでも食べるものに困らなかっただけまだよかったのだが。

小学6年生の時、あるクラスメイトの母親に「あなたの家の子は頭がいいから教育にお金をかけているんでしょうけど、うちの子はそんなに頭がよくないから歯の矯正にお金をかけます。女の子は見た目がよかったらいい人と結婚できて幸せになれるから」と言われたことがあった。

母から話を聞いた当時は特に何も思わなかったが、今から思うとあれは強烈な皮肉だったんだと思う。母はきっと、他の母親たちに対し、「うちの子たちは頭がいいから、あなたたちとは住む世界が違う」という感じを強烈に醸《かも》し出していたのだ。

実際に家で他の母親の悪口を言っているのを何度も耳にした。そのせいで母はママ友というものができずに孤立してしまっていた。母は「なんで友達ができないのかしら」

と言っていたけど、母の他人を見下すような態度が周りの人に嫌な思いをさせていたのは明らかだ。

母は根っからのお嬢様気質で、保護者はみんなTシャツにGパンで来るような地元の小学校にも、わざわざブラウスにスカートや、ワンピースなどの派手な格好で来るような人だったので、その時点でかなり浮いていた。私はそのせいで家がお金持ちだと思われているのが嫌だった。

母のヒステリー

母親は自分の思う通りにいかないことがあるとよくヒステリーを起こしていた。特に子どもたちが家事の手伝いをしないことにより起こすことが多かった。「なんで私だけこんなに頑張っていてあんたたちは何もやらないの!!」という感じだ。

母親はいい母親であろうと常に頑張っている感じで、それが辛くなってきてしまった時にヒステリーを起こしていたんだと思う。

母親は家事をほとんど完璧にこなしていた。食事はお弁当も含めて三食作っていたし、洗濯物が溜まって困ったこともなかったし、掃除もこまめにしていた。片付けだけは少し苦手で散らかっていることもあったけど、それ以外は完璧にこなしていたと思う。母親の作る料理はとても美味しくて食べるのが楽しみだった。

ただ、かなり頑張ってそれらをこなしていたことは明らかで、時々疲れてしまうことがあったのだろう。母親は完璧でいようと頑張り過ぎてしまうのだ。料理は特に頑張っていたので、「そんなに頑張らなくてもたまには外食とか店屋物とか弁当でいいよ」と言うのだが、「そんなこと言われても、食費が高くなるだけじゃない！」と逆にヒートアップするだけだった。それはもっともなのだが、なぜか母は子どもたちに火の使用を禁止していたので、料理をしようと思ってもできないのだった。

それなのに毎日三食作るのが大変だとヒステリーを起こされ、「無理しなくてもいいよ」と声をかけても無駄となってはもうどうしようもない。母のヒステリーは、どうにも解決のしようがないことについて起こることが多く、起きてしまったら最後、収まるまでただひたすら耐えるしかないのだった。

ヒステリーへの対応というのは非常に難しい。父はあまり気にしている様子もなく、なんとなくやり過ごしていた。兄弟は、母がヒステリーを起こすと早々に自分の部屋に退散し、まったく関わらなかった。

きっとヒステリーはまともに対応したってどうなるものでもないことを、どこかの時点で察したのだと思う。そして、そこからは母親のヒステリーにまったく対応しなくなったのだ。実際にこの対応は正しいものだったと感じる。

ヒステリーというのは、なだめたり、解決策を講じたりしても、一向に収まるものではない。治療という観点以外では、放っておくのが一番いい気がする。

私はそのことに気付くのに実に20年もの歳月を費やしてしまった。我ながら、母のヒステリーに必死に対応していた時間は本当に無駄だったなあと思うのだが、対応方法が分からなかったのだから仕方がない。兄弟には、放っておいた方がいいと言われてもいたのだが、実際にそうした方がいいという実感を得るまでに実に長い時間がかかってしまった。

ちなみに私の兄と弟は、私ほど母親の言うことに従って生きていない。というか、2

人とも割と好き勝手やっている。なぜそれが私にできなくて兄弟にはできたのかという理由は主に二つあると私は思う。

まず、母親が不機嫌でも、すぐに部屋にこもったりして、母親の言うことをシャットアウトすることができ、ヒステリーにまったく対応しようともしなかったこと。それと、実家以外にも自分の居場所を作ることができていたことだ。

母親の不機嫌やヒステリーへの対応もさることながら、兄弟と私の決定的に違っていた点は実家に対する依存度だった気がする。私は外の世界に居場所を作ることができなかったため、自分の居場所が実家にしかなく、実家に依存しきっていた。社会から孤立してしまった私はいつのまにか母に評価されることがすべてになってしまっていた。それに対し、兄弟は実家に居場所がなかろうが、母に激昂されようがあまり気にしていなかった。その他にも依存先がたくさんあって、すぐにそこに逃げこめたからだ。私もできればそうやって好き勝手に生きたかった。

しかし、学校でも居場所を作れなかった私にとって他の依存先を見つけることは至難の技だった。そして実家に依存すればするほど、外の世界と繋がるのは難しくなっていった。コミュニティに顔を出そうとする時に夜遅くに外出できないことがかなりの障壁となったからだ。

外の世界と繋がろうとし始めた私はこのままだと実家にしか居場所がなく、関わる人が家族だけのまま人生が終わってしまうという焦りを感じるようになっていた。その焦りから色々な行動を起こしたおかげで今があるので、兄弟との違いから私が実家に依存しきっていることに早めに気付くことができてよかったと今は思っている。

大学生になっても帰宅は19時半

実家にいて一番辛かったのは外出を制限されることだった。母親は週4日パートに行っていて、帰ってくるのが大体17時半だった。帰ってきて家に誰もいないと、18時ごろには子どもに今どこで何をやっているのか聞くために一斉に電話をかける。

それから母親は夜ご飯を作り始め、大体19時半ごろに夜ご飯になるのだが、よっぽどの用事がない限り夜ご飯の時間までに帰っていないとすこぶる不機嫌になるのだった。

夜ご飯の時間を過ぎて帰ると、誰とどこで何をしていたのかなどと問いただされてご飯が美味しくなくなるので私は基本的に19時半までには家に帰るようにしていた。

ただ、母の本当の望みは、自分が帰宅する17時半までに子どもが家に帰り、母が帰宅してから夜ご飯ができるまで母の会話に付き合い、足りない材料があったら即座に買いに行き、料理中に出た洗い物を済ませ、洗濯物があったら取り込んで畳《たた》み、料理が完成したら配膳を手伝い、一緒に夜ご飯を食べるというものだった。

驚くべきことに、私は21歳になる目前で実家を出るまでこの母の望み通りの生活をしていた。

特に大学に通えなくなってからはそこまでしないと自分が実家にいることを許されない気がして、望み通り生活することが多くなった。そして母に褒められることで、まともに生きることができなくても自分は存在していてもいいんだという安心感を得るのだった。

そんな生活だったので、アルバイトを探すのも大変だった。アルバイトの時はさすがに19時半までに帰るようには言われないが、21時くらいまでに家に帰ることができるようなアルバイトしか許されなかった。その条件だけで、選ぶことができるアルバイト先は相当限られてしまう。

チェーン店は軒並み閉店時間が遅く、24時間営業のところも多かったためまず無理で、私のアルバイト先は比較的閉店時間の早い個人経営のパン屋ばかりになった。アルバイトを探す時に、自分で自由に選べず、あがる時間ばかりを気にして探すのはとても苦痛だった。

また、母親は常に私を否定していた。やりたいことがあっても基本的には「あんたにはできるわけないからやめなさい」と言われていた。「やってみたらいいじゃない」と前向きな反応をされた覚えはあまりない。「やりたい！」と言っても否定されるので、私は段々と言うのも億劫になって、勝手にやり始めてから母に報告するようになった。母は多少の文句は言うが、やり始めてしまったのなら仕方ないと最終的には諦めるからだ。

私の性格や行動についての否定も多かった。基本的にずっとワガママだと言われていて、ワガママで何事にも我慢がないから何も上手くいかないのだと言われていた。自分の言う通りに行動しないとすぐに私を否定し始め、できなかったことや、やり遂げられなかったことがあると、何日にもわたって私を責め立てた。

今思い返すと、母は私を否定することにより、自分が私より優位にあると認識し、そう思うことで自我を保っていたのではないだろうかと感じる。

私を否定ばかりする理由で一つ考えられるのは、母が祖母と共依存の関係にあったことだ。

祖父は船乗りをしていてほとんど家におらず、一人娘だった母は何をするのも祖母と一緒だった。そして祖母は本当に何でもできる人だった。家事や裁縫、お金の管理まで完璧にこなす。頭脳明晰《めいせき》でカリスマ性があり、町内会や保護者会のまとめ役を任されることも多く、周りの人たちからの信頼も厚かった。

そんな母親に育てられた私の母は、実は劣等感が強かったのではないのかと想像する。もしかしたら母も自分の母親から否定されていて、自己肯定感が極端に低かったのかもしれない。それゆえに私を否定することで自分の自己肯定感を保っていたのかもしれないと今は思う。

母の幸せと私の幸せ

一昨年、私が好きな女性アイドルグループのメンバーの一人が、「成人式を迎えた時に母親にこんな言葉を贈りました。母親はこう返してくれました。自分が感謝の言葉を贈ったはずだったのに、母親に返された言葉に自分も感動してしまい、親子共々感動する素敵な会となりました」というようなブログを書いていて、私もとても感動し、そのことを母親に話した。

すると、「私はそのアイドルが言ったような言葉をあんたに言われても何にも感じない。いくら感謝されても足りないから。あんたみたいな欠陥品育ててきたのは並大抵の苦労ではなかったし、私の親としての無償の愛があったからできたけど、他の親だったら育児放棄してた可能性が高い。私が母親だったからここまで育ってこられてよかったね」というようなことを言われた。

同じようなことはそれまでにも何回も言われたことがあった。その度に「ああ、私って本当に欠陥品なんだな、だから言われてもしょうがないな」と思っていたけれど、この時は、その子のブログを見て、私も同じような成人式を迎えられたらいいなと思って母親に話したこともあり、かなりショックが大きかった。私はハートフルな成人式を迎えることもできないのか……と落ち込んだ。

そんなことを言われた時に「私は自分で生まれたくて生まれてきたわけじゃない!!」と言うこともできたんだろう。だけど、その言葉を口にしてしまったら、母親がとてつもなく可哀想だと思った。

そして何より、その言葉を口にすることで、人生何も上手くいかないけれど、頑張って普通を目指して生きてきた自分の努力が水の泡のように消えていって、さらに今まで必死に守ってきた何かがガラガラと音を立てて崩れ去ってしまう気がして、とてもそんなこと言えなかった。

母親からしたら、私たち子どもは所詮自分が身につけるアクセサリーみたいなもので、本当はダイヤモンドのネックレスが欲しかったのに、それがガチャガチャで当たるかもしれないと言われて鼻息を荒くして引いてみたら、ニセモノのガラクタだったみたいな感覚なんだろうなと思う。

そして母親は無理をさせてでもどうにかしてダイヤモンドのネックレスに近づけようとしていた気がする。私も最初はダイヤモンドのネックレスになろうと、途中からはもうせめてガラクタからは抜け出そうと必死に頑張ったけれど、結局そんなことできるわけもなくて、どんなに努力したところで絶対になれないものにずっとなろうとしていたんだと思う。そうやって頑張って生きていたから本当に人生すべてが辛かった。

学校にちゃんと通えなかったため、社会から孤立してしまい、生きていて関わる人がほとんど家族しかいなくなり、その中でも主張の強い母親の価値観に完全に支配されていた私は、限界まで頑張って、他人に褒められて羨ましがられるような生活をしなきゃいけないのだと思っていた。そこに向かってがむしゃらに頑張っていた。今となっては、それを実現したところで、実際に喜ぶのは母親だけだったのだと思う。

第6章

幸せが連鎖する場所

妊娠発覚後の母

2019年3月、私の妊娠が発覚する。驚くべきことに妊娠してからというもの、母との関係は格段によくなった。しかし、そこに至るまではかなりの紆余曲折《うよきょくせつ》があったのだった。

3月下旬、夫と私と私の両親で会う機会があり、そこで妊娠したことを報告した。おめでとうの一言もなく、瞬《またた》く間に母は私を責めはじめた。

「子どもを育てるって物凄く大変なんだよ、あんた分かってる!?」

「あんなに大変なことあんたにできるわけないじゃない!」

「何も考えてないでしょ!」などと、同じようなことを3時間近くずっと繰り返し責められていた。

素直に受け入れてくれないだろうということは分かっていたが、私も夫もそんなに激昂されると思っていなくて、かなり驚いてしまった。結局何も言い返せないまま一方的に言われるだけ言われてその日の会食は終了する。

夫は家に帰ったが、私は次の日の通院のために実家に泊まることになっていたので、両親と一緒に実家に帰った。

当たり前だが帰っても地獄だった。母の激昂は止まるところを知らない。実家でも、会食の時と同じようなことを繰り返し言っていたが、「あなたは嫌なことがあるとすぐ逃げる性格で、今まで色んなことから逃げてきたけど、子育ては逃げるわけにはいかないんだよ！」と言われたのが一番辛かった。

私には逃げるつもりなんてまったくなく、そんなことを考えたこともなかったのだが、母に繰り返し言われ続けていると、確かに子育ては絶対に逃げることができないな、大丈夫かなと不安になってきてしまうのだった。

私は自分の意志がちゃんとあっても、母に反対されて責められることにより、意志が揺らいでしまうことがよくある。母にかなり影響されてしまうのだ。それはまるで洗脳のようだなと思う。

おそらく母も私に子どもができることが相当不安だったのだろう。だからきっと必要以上に責め立ててしまったのだ。

母は不安なことがあると眠れなくなってしまう性格なので、その日は3時くらいまで起きていた。私も眠れなくなってしまってそのくらいまで起きていたのだが、眠れない母は夜中に何度も私の部屋に来て、言いたいことだけ言ってまた寝室に帰ることを繰り返す。

二人とももう絶望的な気持ちになって泣いていて、私にとっては人生で一番辛い夜だった。

私は精神的に追い詰められてしまい、もうこのまま死んでしまいたいような気持ちになっていた。

次の日、精神科の通院があり、両親と一緒に病院に行く。私が妊娠したことに、主治医もかなり驚いていて、おめでとうというよりは「本当に大丈夫か？」といった感じだった。

私はこの時今まで関わってきた人たちの誰からも信用されてないんだなと思えて悲しい気持ちになった。まともに生きてこれなかった私が悪いことは十分理解していたのだが、この時は悲しい気持ちを抑えることができなかった。

普段は通院の後に昼ごはんを両親と一緒に食べてから帰るのだが、もう母と一緒にいるのが辛すぎて、私は通院が終わると逃げるように家に帰った。

一刻も早く家に帰りたかったのにそういう時に限って電車の乗り換えがスムーズに行かない。極限の精神状態の中、ホームに入ってくる電車を見てこのまま身を投げてしまおうかと本気で思った。そんなことを思ったのは人生で初めてだった。

それほどまでに精神的に追い詰められていた。絶望的な気持ちに支配されていたので電車に乗ってもずっと泣いていた。周りから見たら完全に変な人だっただろう。そんなことは分かっていたが、悲しい気持ちがずっと心を支配していて溢れる涙を堪えることができなかった。

それでもなんとか最寄りの駅に到着し、夫に駅まで迎えにきてもらって家に帰った。

家に帰ってもずっと泣いていたが、なんとか夫に、実家でどんなことがあったのか、母に何を言われたのかを話すことができた。

話し終わると、夫に「まなさんの母親はまなさんを使って自分の人生を肯定しようとしているだけなんだよ。いつもまなさんのためとか言ってるけど、本当はまなさんの幸せのことなんて考えていない気がする」と言われた。

それを聞いて、実家から帰ってきて間もなく、精神が極限状態だった私は夫に向かい、「そんなの分かってるよ!! でも、私を産んで20年間育ててくれた母親がそんなひどい人だったなんて思いたくないじゃん!!」と泣き叫んでいた。

「母親」だから嫌いになれない

今思い返すと、極限状態で出たこの発言こそが私の本当に正直な気持ちなんだろうと思う。

母親が少し間違っていることなんてもうとっくに気付いていていた。私を基本的には否定してくるし、やりたいことを言っても、「どうせ失敗するからやめなさい」と言って挑戦すらさせてくれない。

自分の歩んで欲しい人生を押し付けて実家に縛りつける行為を長期にわたって私にしていた。実際に暴力を受けたことはなかったけれど、言葉の暴力を受けたり、精神的に追い詰めるというようなことは常にされていた。母親はどう考えても私の幸せを妨害する存在だった。

でも、それでも、私には母親を心底嫌いになることも、否定したり軽蔑《けいべつ》したりすることもどうしてもできない。

だって母親だから。理由は「母親だから」ただそれだけだ。

世の中の毒親に悩む子どもたちが、もし、母親のことを心の底から嫌いになり、憎い存在だと思うことができたら、この世には「毒親問題」なんてものは存在しなくなるのだと思う。親子の関係というのはそれほどまでに深刻なものなのだ。

その次の日も次の次の日も母親から電話がかかってくる。電話に出てもらちが明かないことを1時間くらい問い詰められるだけだった。一度、夫がたまたま家にいて、夫も母親からの電話に出たが、解決策を求めるでもなく、こちらを一方的に責めてくるだけの母の態度に夫も辟易してしまった。

実際に母のヒステリーに近いような電話越しの声を聞き、このままでは私の精神状態が危うくなってしまうと思った夫は、私に母とは少し距離を置くことを提案してきた。私ももうかなり精神的にキツくなってしまっていたので、夫の提案通り、母親と少し距離を置くことにした。私には母親の望む人生を生きることは到底できないと思い、理想の人生を押し付けてくる母と一緒にいてもどちらも不幸になるだけだと思った。

母からのＬＩＮＥや電話には一切応じないことを決め、それを父に報告した。父はあまり感情的になることがなく、建設的な話ができる人なので、連絡がある時は父と連絡することを決めた。いきなり母と連絡を絶つといっても父も納得してくれないかもしれないと思い、夫がわざわざ父に会いに行ってくれて、状況を説明してくれた。

父は「妻はまなを心配しているだけなんだよ」と言っていたそうだが、母といると私の精神状態がキツくなってしまうことを分かってくれていたのか、最後は了承してくれた。

そんな状態で1ヶ月が過ぎ、また通院の日となった。精神状態もあまりよくなかったので、さすがに通院まで止める決断ができなかった私は、一応病院には行くことにした。しかし、母と会う時間を少しでも短くしたかったので、父と相談して病院に現地集合し、私と両親が別々に主治医と話すことにした。

病院に着くと母は泣いていた。私との連絡を断たれてしまったこともあったのだが、この時家族にはそれより大きな問題が発生していた。

私の兄が盲腸で入院していたのだ。盲腸と分かる3ヶ月ほど前から兄は腹痛をうったえており、食欲がない時もあるような状態だったのだが、検査しても何も分からないままだった。

それが4月のある日、かなり体調が悪くなり、それでも休めないからと出勤したものの、会社を早退して帰ってきてしまう。母はパートに出かけていたのだが、家に帰り、あまりにも具合が悪そうな兄を見て、夜遅いその時間でも開いていた近所の病院に連れて行く。

そこでやっと盲腸ということが分かり、その日に入院し、すぐに手術を受けることになったのだ。1回の手術で済めば大したことはなかったのだが、若干手術が失敗してしまい、炎症部分が取りきれず、すぐに2回目の手術を受けなくてはならなくなってしまう。2回目の手術は成功したのだが、術後の回復がうまくいかず、兄は腹膜炎《ふくまくえん》になってしまった。一時食事を摂《と》ることもできなくなり、体に色々な管を付けられ、40度以上の熱を2週間以上にもわたって出し続けた。

私の通院があったのは、まさにその入院の最中だった。母はもう兄を失うのではないかという恐怖にさいなまれていたのだ。父や弟は、兄はまだ若いし、盲腸ぐらいで死ぬことはないと思っていたようだが、連日高熱を出し続ける兄を見て、母は本当に兄が死んでしまうのではないかと思ったみたいだ。

母は私の妊娠よりも兄の命の危機に気を取られていたので、この時はあまり問い詰められることもなかった。むしろ、

「この前はひどいこと言っちゃってごめんね」

「何かあったら手伝うからなんでも言ってね」と力ない声で何度も言うのだった。

多分父にこの前は言い過ぎだったと言われていたのだと思う。父が母に意見すること

はほとんどないが、妊娠を報告した時の母の態度はあまりにもひどく、父はその時に私が精神的にかなり消耗している様子を見ていたので、さすがに少し注意したのではないだろうか。

病院に着いてから帰るまで母はずっと泣きっぱなしで、この時はさすがに母がかわいそうに思えたのだった。それと同時にこの様子だと1ヶ月前のように私を責められるような気力も体力もないだろうなと思ったりもする私だった。

母の突然の変化

それからまた1ヶ月が経ち、私はまたも通院で両親と会うことになる。おそるおそる病院に行くと、母はとても元気で上機嫌だった。

会えば何かしら文句のようなことを言ってくる人なので、この時も色々と突っ込まれるだろうなと思っていたことがあり、いつもその予感は大体的中するのだが、私の想像していたことは何も言われず、責められるようなことも何もなかった。

そんなことは今まで一度もなかったので、私は心底驚いた。1ヶ月ぶりに会った母はまるで今までとは別人になっていたのだった。

「子どもが生まれてくるの楽しみだね」とまで言っていて、それを聞いた私は母の中で私の妊娠がやっと認められたのだなと思った。

これには兄が生死のふちをさまよったこともかなり影響していると思う。この時兄はもう退院しており、通勤もできるようになっていた。話を聞いていると、兄を本当に失うかもしれないと思った母は、私は元気でやっていて命の危険がないからとりあえず大丈夫だと思ったとのことだった。

兄の命の危機と私の妊娠という二つの重大な事柄が重なった時、母は兄の命の方を自分が気にかけるべきことだと判断し、そちらを考えることに専念したのだ。

それまでは子どもたちが元気に生きていることは当然で、自分の言う通りに生きていなければ気に入らなかった母が、「元気で生きていれば何でもいい」という考えに変わった歴史的な瞬間だった。死の危機というのは人間の考えを根本的に変えてしまうのだと思った。

病院での母の様子を見て、なんとなく精神がやられる危険性はなさそうだと判断した私は両親と昼ごはんを一緒に食べることにする。そこでは母が自分の妊娠中のことや子どもが産まれてからすぐのことを色々話してくれた。妊娠中の過ごし方など不安なことを色々と母に聞くことができた。母は3人産んで育てているだけあってやはり知識はたくさんある。

それまでは会う度に責められることがあって、話していてもあまり楽しくなかったのだが、この日は何も責められることがなかったので、話していてとても楽しく、結局2時間くらい話し込んでしまった。

実家に泊まる予定はなかったので、すぐ家に帰ったのだが、帰る時少し名残惜しい気持ちがした。もっと色々な話がしたいなと思っていた。

そんなことを思ったのも初めてだった。母から毒々しい感じがほとんど抜けてしまっていたのだった。母は表面上は分からないが中に大量の毒を含んでいるような人で、言動の端々からその毒が滲み出てしまう。いつもその毒にやられて精神を削られてしまっていたが、この時はその毒々しさをまったく感じなかった。長年一緒にいた私が「かなり変わったな」とハッキリと感じるくらいの変わりようだった。

6月になり、私の精神状態と体調がすこぶるよくなった。それまでは昼まで寝ていたのに、朝から起きて活動できるようになる。それまでは朝起きるのが苦痛で仕方がなく、起こされても起きられないことも多かったので、自分から朝起きられるようになったのはかなりの進歩だった。

この頃から料理もよくするようになる。料理は結婚する前はまったくできなかったし、それまでは気が乗った時に必要なものを揃えてする程度だったが、この頃には事前に献《こん》立《だて》を考え、その通りに料理することができるようになっていた。

そんな中、また通院の日がやってくる。6月はたまたま通っている二つの病院の通院日が連続していた。私はかなり迷ったが、実家に泊まってみようと思った。母の変わりようからすると泊まっても大丈夫な気がしたからだ。

これは完全なる賭けだった。多分何事もなく過ぎてくれるだろうとは思っていたが、母のことだ。何が起こるかは分からない。もし何らかの理由により母の機嫌が悪くなってしまったら、私の精神は逃げる間もなく一瞬でやられてしまう。ただ、一泊だったらまだダメージが少ないうちに帰れるし、もし突然に不機嫌になるようだったらまた連絡を絶てばいいという気持ちだった。

これから母と関わっても大丈夫かどうかの最終判断をする気持ちで臨《のぞ》んだ。

病院で会った母はやはり上機嫌で、危険性はなさそうだった。通院が終わって実家に帰っても、母は上機嫌で昼ご飯を作っていた。5月に母に会った時、ベビー用品について、自分で調べてみても何を買ったらいいのか全然分からないという話をしていた。

それに対し、母は「私が教えてあげるからリストみたいなものがあれば持っておいで」と言ってくれていた。なので、この時は雑誌に付いていた出産準備リストを持って行き、分からないことを質問した。母はすべての質問に答えてくれて、次の日一緒にベビー用品を見に行こうとまで言ってくれた。

次の日、通院の時間が少し遅かったので朝起きて病院に行く前に母とベビー用品を見に行った。この日の朝、私が起こさなくても勝手に起きてきたことに母はかなり驚いていた。朝起きられるようになったという話はしていたのだが、「本当に起きられるようになったんだね」と感心していた。ベビー用品を1時間ほど見た後に病院に行った。

病院では、話すことがあまりなかった。日常生活で困っていることがなくなったからだ。朝起きられるようになっていたし、家事も問題なくこなせるようになっていて、困っていることが本当になかった。

主治医には「困っていることはない？」と3回ほど聞かれたけれど、考えてみても何も思い当たらず、その度に「ないですね〜」と答える。

こんなことは初めてだった。特に結婚する前は困っていることしかなかったため、主治医に色々な相談をし、解決策を提案してもらったり薬を出してもらったりしていた。この時、ついに薬も処方されなくなり、主治医に「かなりよくなったから次は3ヶ月後でいいよ」と言われる。

私はこの言葉を聞いた時、目の前がパーっと明るくなった気がした。9歳の時から精神科に通院していて、月に1回の通院というのは私の中では絶対だった。

それがなくなることなんて想像もしていなかった。薬も同じだ。今は何の薬も飲んでいないが、薬に頼りっぱなしだった私は、薬を飲まなくていい日が来るなんて思ってもいなかった。

この時初めて病状が「よくなる」ということはあるし、よくなれば通院も薬も必要ないんだということに気付いて、とても晴れやかな気持ちになった。通院や薬にはお金もかかる。

母は私の結婚を知った時に「この子は病気だからかなり病院代がかかるんですよ、大丈夫ですか？」と夫に聞いていたくらいだ。確かに、二つの病院どちらにも1ヶ月に1回通院し、さらに薬までもらうにはかなりお金がかかる。それにADHDの治療薬というのはかなり高額だ。

結婚した当初は、いきなり結婚したことで衝動性が強すぎるという判断をされ、通院を増やされてしまい、かなりお金がかかってしまって夫に申し訳なかった。今はそれがなくなってかなり気持ちが楽だ。

病気や障害は環境がつくる

私はこの出来事から、「病気」や「障害」というのは環境が作り出すものなんだなと思うようになった。

今の時代は週5日学校に通うことや、週5日毎日8時間働くことが「普通」とされているから、それができない人は真っ先に「病気」や「障害」というレッテルを貼られてしまう。今の時代じゃなくても、昔からそれぞれの「普通」と思われる生き方ができない人は「病気」や「障害」扱いされてきたのだと思う。

でも、普通に生きられなくてもなんとか生きていく道はある。それはどの時代でも変わらない。環境に適応できなくて壊れてしまったのなら、まずはその環境を変えてみることが必要なのだと思う。

環境というのは本当に大事で、それを変えるだけで症状がほとんど改善されてしまうこともある。私もそれを実際に経験した。

そもそも今私がいる環境は毎日夜に寝て朝起きることや、週5日出勤することができきなくても、それが「障害」だとは思われない環境だ。周りの人もそれができない人が多い。自分が異常者扱いされない環境というのはとても楽だ。結婚するまではずっと「普通に生きることができないどこかおかしい人」として肩身が狭い思いをして生きてきたから、尚更そう感じる。

環境を変えるのは精神的にも体力的にもとても大変なことだけど、今いる環境が辛く、それを本当に変えたいのなら環境を変えるしか方法はないのだと思う。

環境を変えるためには、まずは自分が気になるコミュニティに顔を出してみるといいと思う。私はADHDと診断されて、もしかしたら同じような苦しみを抱える人がいるのかもしれないと思うようになった。そして、そういう人たちと会ってみたいという思いから行動を起こした。そこで会った人との繋がりが繋がりを呼び、今、心地よい環境で生活することができている。

今はインターネットで様々なコミュニティが見つかるし、会いたいと思った人に実際に会いに行くこともできる。そして人と会うのはいい刺激になる。今まで知らなかったことを知ることができたり、自分とは違う考え方を享受できたりして、自分の視野が広がる。

私は極端に視野が狭かったので、色々な人と会うようになってから急激に視野が広がっていく感じがしてワクワクした。

色々な考え方を知り、自分の視野が広がった結果、私は結婚して幸せになることができた。もともとの視野のままだったら、結婚を決断することなんて絶対にできなかったと思う。

だからこそ、コミュニティに顔を出し、色々な人に会い、色々な考え方を知ることはとても重要だと感じる。

しょぼい幸せを感じて生きていく

母親の価値観に縛られ、他人に褒められて羨ましがられるような「幸せ」に向かって必死に頑張り続けていた私だったが、インターネットで知ったコミュニティに顔を出してみたりして、色々な人に会い、色々な価値観を知ったことにより、別にそんなに必死に頑張らなくても生きていていいんじゃないかなと思うようになった。

自分を限界まで追い詰めて頑張る必要なんてどこにもない。自分の考え方がそうさせているだけだ。

私は、自分を限界まで追い詰めて、頑張って、お金をたくさん稼いで、立派な家に住んで、ブランド物をたくさん身に着けて、周りに自分を尊敬してくれる人がたくさんいて……という母親が求めていたようないわゆる「幸せ」といわれる暮らしより、無理をしない範囲で頑張って、しょぼい家に住んで、しょぼいご飯を食べて、しょぼい服を着て、でもそうやって生きていけることに感謝して幸せを感じられる暮らしをしたいと思うようになった。

愛する人が隣で一緒に同じような幸せを分かち合ってくれたら、もうそれ以上に望むものなんて何もない。

それがずっと自分を追い詰めて、母親が望む通りの、他人に褒められて羨ましがられるような「幸せ」に向かって生きていた私が辿り着いた答えだ。

そう考えられるようになったら、ずーっと私の胸を支配していた生きづらさとか苦しみが消えていって、ほとんど毎日幸せだと感じられるようになり、心から楽しいと思えることもいっぱいできるようになった。

もちろん辛いことがすべてなくなるわけではないし、これからも辛いことはたくさんあるのだろうけど、日々の小さな出来事に感謝して、少しずつでも幸せを感じることができたら、もうそれで十分だと思う。

それが私の「幸せ」だ。

これからも私なりの小さな幸せや楽しみを積み重ねて生きていきたい。

母との関係は、今が一番良好だと思う。電話しても実際に会っても、母に精神をやられることはなくなった。むしろ電話したり会ったりすると、なぜか次の日からやる気が出て、活動量が大幅に増えるような状態になっている。

今までは精神をやられることしかなかったので、本当に不思議だ。それだけ母から毒々しさがすっぽり抜け落ちたということだろう。

母は今では私より私の子どもが生まれてくるのを楽しみにしていて、一人でベビー用品を見にいっては色々とリサーチし、その結果を私に報告してきてくれる。出産と育児を経験している母からの情報はとても貴重でありがたい。

一人でベビー用品を買い揃えることに不安を感じた私は、母に家の近くまで来てもらい、一緒にベビー用品の買い物をしたりもした。実家と少し距離は遠いけれど、母からは「困った時はいつでも頼ってね。すぐに行くから」と言われており、とても心強い。出産も子育ても分からないことだらけなので、これからも適宜《てきぎ》頼っていけたらいいなと思っている。

愛されていると感じる日々

最近、私は自分の人生の中で、ようやく自分は愛されているなあと感じることができるようになった。夫からも、両親からも、周りの人たちからもたくさんの愛を感じる。

もともと両親には愛されていたんだろうけど、特に母は愛の与え方がいびつで、私の性格や行動を否定してくることが多かったため、真っ直ぐに愛を受け取ることができないまま生きてきてしまった。そのせいで自分に自信がなく、自分は誰からも愛されることがない存在なのだと勝手に信じ込んでいた。

それが結婚して、夫や周りの人から肯定されることによって、自分は愛されてもいい存在なのかもしれないと思えるようになった。愛というのは人によっては与えられていても真っ直ぐに受け取ることができないものだ。

一番愛をくれるのは親のはずなのだが、親に十分に愛された自覚がないと、自己肯定感が低くなってしまい、自分が愛される資格がないような気がしてしまう。普通に生きられない人は尚更そう感じてしまうと思う。私はきっと誰からも愛されないまま人生が終わるんだろうなと思っていた。

結婚する時、夫は「何もできなくても家にいてくれるだけでいいです」と言ってくれたけれど、そんなこと本当にあるのかなあと信じられない気持ちだった。そもそも私にいいところがあるなんて思えなくて、一緒に生活し始めたら、私が本当に何もできないということが明らかになり、夫に呆れられてしまい、すぐにダメになってしまうのではないかとさえ思っていた。

でも、夫は本当に何もしなくても責めることはないし、洗濯や皿洗いなどの家事をすると「ありがとう」と言ってくれるのだった。

作家の内田樹《うちだたつる》先生が結婚に関してのインタビューの中で「配偶者のことを、例えば、飼い猫だと思えばいいんです。（中略）猫の割にはおしゃべりの相手をしてくれるし、仕事もするし、すごいじゃない。ときどき洗濯もするし、ご飯もつくってくれる」と言っている。

夫もこれとまったく同じ考えを持っていて、だから家事をすると感謝してくれるし、結婚する前にはできなかった料理をすれば褒めてくれるし、何もしなくても文句を言わない。片付けができていなくて家がグチャグチャになっていても何も言わずに片付けてくれていたりする。夫にとって私は本当に存在しているだけでいいらしいのだ。

私は0か100思考なので、一日の終わりに、その日自分のやりたかったことが完璧にできていないと「今日は何もできなかった」と感じてしまうのだが、私が「今日何もできなかった」と落ち込んでいると、夫は「洗濯やったじゃん」という感じでちゃんとできたことを言ってくれる。確かに私が本当に何もしないで寝ている日はなくなった。それなのに、私は100できていないと勝手に落ち込んでしまう。

しかし、夫の一言によって「確かに今日も0ではなかったな、まあいいか」と感じることができるのでとてもありがたい。一人で暮らしていたら、毎日「今日もダメだったな」と思って鬱《うつ》になってしまっていた気がする。

結婚するまで、私は自分のことをいいところなんてまったくないダメな人間だと思っていたけれど、夫は私のいいところをたくさん発見してくれる。そしていつも私を肯定してくれる。何か失敗しても絶対に責めないし、むしろ励ましてくれる。無気力になって何もできなくなってしまい「もうダメだ」と言っても「全然ダメじゃないよ」と言ってくれる。それは私にとって、かなり大きな心の支えだ。

実家にいた時は失敗したら必ずと言っていいほど責められたし、褒めてもらえることなんてほとんどなかった。私にとってはそれが普通だったけど、今思い返すと、本当に辛いことだったなと感じる。ありのままの自分を全面的に肯定してくれる人がいつも隣にいることにより、かなり精神も安定し、生きていてもしょうがないと思うこともなくなった。

結婚し、困っていたことが改善する

夫と暮らすことには本当に何のストレスもない。実家にいる時は、外出が制限されていたことや、ご飯の時間やお風呂に入る順番が決められていたこと、母の言う通りに行動しないと責められることなど、嫌なことがたくさんあり、常にストレスがあるような状態だった。それが夫と暮らすようになり、日常生活においてストレスを感じることがなくなった。そのおかげで日常困っていたことが大幅に改善された。

まず、結婚前はかなり困っていた散財癖がなくなった。私は、ストレスがたまると、服や化粧品を衝動買いしてしまったり、マッサージに行ってしまったりして、一度に大量のお金を使ってしまう癖があった。

しかし最近ではそのようなことは一切しなくなった。今では1ヶ月ごとの収支を計算し、家計をきちんと管理することができている。生活にいくらお金がかかるのかまったく分からないまま結婚してしまったが、1年にわたって1ヶ月ごとに支出を計算したことにより、毎月大体どのくらいお金を使うのか把握できるようになった。

結婚当初は絶対に作らないと決めていたクレジットカードも、最近になり、特に問題が起きなさそうだと判断して入会したが、それで何かを衝動的に買ってしまうことはなく、今のところ何の問題もなく使うことができている。

また、最近は昼や夕方まで寝るということがまったくなくなった。結婚当初は、まだ、夜に寝ても昼や夕方まで寝てしまうことが多々あったのだが、最近は午前中には起きられるようになった。朝起きることが極端に苦手だったのだが、今ではそれもそんなに苦痛ではなくなり、朝からの用事も問題なくこなせる。一日中何もせずに布団にいるということもなくなった。

逆に一日中何もしないことが難しくなってしまったこともあり、買い物に行って料理をしたり、文章を書いたり、掃除や洗濯をしたりと、一日のうちに何かしらの活動はできるようになった。

このことにより、私は生活をしていく上で困ることが特になくなった。睡眠時間は安定し、家事も特に問題なくこなせるようになり、家計もきちんとやりくりできている。こんなに安定した生活を送れるようになったのは、ストレスなく毎日生活できているおかげだなと思う。一緒にいてストレスを感じない夫と結婚できて本当によかった。

「まなさんならできるよ」

いつも隣で夫が励ましてくれたり、褒めてくれたりするおかげでできることも格段に増えた。「どうせ私なんかにできるわけないしな」と諦めていたことが多かったけれど、夫はなんでも「きっとできるよ」と言ってくれる。そのおかげでチャレンジしてみようという気持ちが起きる。

車の運転免許を取るために教習所に通い、無事に免許を取得することができたのは、私にとって、かなり大きな出来事だった。ＡＤＨＤで注意欠陥があり、運動神経もあまりよくない私は、車の運転なんて怖いから一生やらないと思っていた。しかし、妊娠したことにより、自転車に乗れなくなってしまい、移動手段が徒歩しかなくなってしまう。一人で買い物に行くことすらままならず、かなり困ってしまっていた。

そのことを夫に話すと、あっさり「免許取ればいいじゃん」と言われる。私は先ほどの理由を説明して「私には無理だよ」と言ったのだが、夫は「他の人にできてまなさんにできないわけがない」と言ってくれて、その場で教習所について調べ始める。その後も夫は「運転免許なんて誰でも取れるから大丈夫」と繰り返し言うのだった。そう言われ続けていると、不安な気持ちは消えないながらも、不思議となんとなく大丈夫そうな気もしてくるのだった。

結局その勢いのまま次の日には最寄りの教習所に一緒に行き、入校手続きを済ませてしまった。手続きを済ませても、本当にできるのか私は不安でしょうがなかったけれど、夫はまったく不安に思っていなかったようだ。

その頃、特にやることもなかった私は1ヶ月半ほとんど毎日教習所に通い、無事に免許を取得することができた。通っている間、技能講習が全然進まなくて落ち込んでいた時には励ましてくれたし、学科試験に合格した時にはすごく褒めてくれた。学科試験のことについては不安で色々質問してしまったのだが、嫌な顔一つせずすべてに答えてくれて、「まなさんなら受かるから大丈夫」と励ましてくれた。それが私の大きな心の支えとなり、免許を取得することができたのだと思う。

その後も、私が一人で不安なく車の運転ができるようになった方がいいからと、毎日のように助手席に座って指導してくれたおかげで、私は今では一人で車を運転して買い物に行き、料理をすることができるようになった。1年前の私からは想像もできないほどの進歩だ。これもすべて夫のおかげだ。何歳になっても人は褒められると嬉しくて、色々なことができるようになるのだなと実感している。

夫に言われて一番嬉しかった言葉は「まなさんがへこたれてる所なんて見たことがないし、まなさんならこれからどんなことがあっても乗り越えていけると思う」だ。

この言葉によって、私は辛いことや嫌なことがたくさんあっても、へこたれることなく、前を向いて歩くことができているみたいだと気付けた。

そして結構根性があるということも。これは結構大きな発見だった。この自分の性格と、夫の支えがあれば本当になんでも乗り越えていけそうだ。何が起こっても二人で支え合って乗り越えて行こうと思う。

セーフティネットとしての結婚

即座に結婚を決断し、勢いで入籍したはいいものの、入籍してからすぐのころ、実は私は二人で本当にやっていけるのか不安で仕方がなかった。不安が大きすぎてご飯が喉を通らないこともあった。なんとかなるかは分からなかったけれど、なんとかしようという気持ちだけはあった。入籍してしまったのだから何があっても二人で支え合って生きていこうと思っていた。

結婚生活においては、なんとかしていこうという気持ちが大事なのだと思う。将来どうなるかなんて誰にも分からない。大黒柱だった夫が急に体調を崩し、収入がなくなってしまうことだって考えられる。どんなに先のことを考えて結婚しても、きっとその通りにはならないのだから、考えてもあまり意味がないと思う。

それよりも、何が起きたとしてもお互い支え合ってやっていこうという気持ちが大切なのではないだろうか。私は、その覚悟が持てるかどうかで結婚するか否かを決断するべきだと思う。

終身雇用は崩壊し、年金ももらえるか分からないような先の見えない世の中だ。この先何が起こるかなんて本当に分からない。

だからこそ、結婚は一種のセーフティネットとして機能するのだと思う。二人で生活していれば、どちらかに何かが起こり、一人だったら生きていけないような状況になった時でも、支え合って生きていくことができる。貧しい時や病める時にこそ、お互いに支え合って生きていくことが結婚の大きな役割なのだと思う。

環境を変えることも、結婚することも、とても大きな決断だ。決断するにはかなりの勇気がいる。でも、決断をすることでしか人生は変わっていかないのだと感じる。

私のこの1年は決断の連続だった。夜遅くに出かけたことも、家出したことも、結婚したことも、住むところを変えたことも、すべてが大きな決断だった。決断するのはとても大変だし、体力もいるけれど、だからといって決断しなければいつまでも同じ状況のままウジウジしているだけになってしまう。

本当に人生を変えたければ、思い切って決断してみるしかない。環境を変え、付き合う人を変えたことで私の人生はそれまでとはまったく違ったものになった。あまりの変わりように、しばらくは、ふとすべてが夢なんじゃないかと感じることもあったくらいだ。本当はまだ私は実家にいて、夢を見ているだけなのではないかと。

そう思ってしまうくらい、結婚するまでの20年間と今の生活はかけ離れている。私はずっと実家にしか居場所を持てないまま、両親の言うことに従って生きていくしかないんだろうなと思っていて、そのことにかなりの苦痛を感じていた。だから、決断をしたことで環境が大きく変わって本当によかった。

1年間で本当に色々なことがあったけれど、どんなことがあっても環境を変えようと必死に頑張って行動し、決断した自分に感謝している。

生きて、幸せをもとめる

2018年5月、夫に出会う少し前、高校時代の友達と集まって「誰が最初に結婚するのかね〜」という話をしていた。その時、「私は結婚できそうにないから一番最後かな〜」と言ったことを覚えている。

自分に極端に自信がなかったので、この時は自分が結婚できるなんて夢にも思っていなかった。しかし、その1年後には結婚し、その上妊娠もしていた。人生は本当に何が起こるか分からない。

20年間普通に生きることができず、ずっと絶望の中にいたとしても、その1年後には幸せになっていることもあるのだ。自分が毎日幸せだなと思って生活できる日が来るなんて夢にも思っておらず、楽しいことも何もない絶望の人生をずっと歩んでいかなければいけないのだと思っていた。

だから、なんでこんなに苦しい思いをしてまで生きなければならないのだろうかと思っていたし、生きる意味なんてあるのかなと常に考えていた。でも、どんなに辛くても生きることを諦めないでよかったなと今は思う。

生きるのが辛く、いつも死が頭の中をよぎっていた学生時代の自分に「それでも生きていて偉いね」と伝えたい。

あの時の自分が生きることを諦めず、懸命に生きたお陰で今の幸せがある。どんなことがあっても生きることを諦めず、前を向こうとすること、それができるだけでも、ものすごく偉いと今は感じる。

もしも生きるのをやめてしまっていたら、幸せを感じることがない絶望の人生のまま終わってしまっていた。

生きる意味について考えていた私に、母はよく「生きていればそのうち楽しいことだってあるよ」と言っていた。当時はそんな楽観的な考え方はまったくできなかったし、こんな絶望的な状況にいる私になんて無責任なことを言うんだろうと思っていたけど、今はそういう楽観的な考えで生きることも大事なのかもしれないと感じる。絶望に陥ってしまったとしても、生きて、幸せを求めて行動して欲しい。

私が今強く思うことは、不幸の連鎖は断ち切り、幸せの連鎖を繋げていきたいということだ。不幸も幸せも連鎖している。

そして私は生まれながらに不幸の連鎖の中に身を置いてしまっていたのだと思う。親との関係がいびつな家に生まれてしまった。私の母の家庭環境も決して良好だったとは言えない。母は自分の母と共依存の関係にあり、決断をすべて自分の母に任せ、母の言う通りに生きていた。もし私も母の言う通りにずっと生きていたら、また母と同じようなことを繰り返してしまったのではないかと思う。母の気に入った人と母が結婚してほしい時期に結婚して子どもを産んでも、自分の理想を子どもに押し付け、子どもを支配するような親になっていたかもしれない。

そしてそれはどこかで気付いて断ち切らなければ、脈々と受け継がれていってしまう。不幸の連鎖の中に生まれてしまった人は、残念ながら少なからず存在するのだと思う。ただ、ずっとそこにいる必要性はまったくない。辛かったら逃げていいのだ。逃げて、自分が幸せだと思える場所を探して欲しい。きっとそれはどこかに存在していると思う。不幸の連鎖の中に生まれたからといって、ずっと不幸を享受《きょうじゅ》しなければいけないわけではない。

人は自由なのだから、幸せを求めて行動していって欲しい。今の世の中は不幸な状況の中でずっともがいている人が多い気がする。もっと幸せを求めて行動してもいいのではないかと感じる。

私は母の支配から逃れようとして、運よく幸せが連鎖するコミュニティに入ることができた。

私が夫と結婚する大きなきっかけとなったしょぼい喫茶店は、就活に失敗してしまい、絶望した当時大学生のえもいてんちょうさんが、インターネットでの繋がりから、100万円の出資を受けて開業したお店だ。妻のおりんさんと一緒に経営されている。おりんさんは東京で看護師として3年働き、激務からうつ病になってしまった。

その後、地元の鹿児島に帰り、療養生活を送る中で、たまたまえもてんさんのブログを見つける。その内容に強烈に惹かれたおりんさんは、しょぼい喫茶店で働くために自ら様々な行動を起こし、その結果、めでたく店員として働くこととなる。えもてんさんとしょぼい喫茶店の経営をするうちに、うつ病は寛解《かんかい》し、死にたいという気持ちは消え、生きる喜びを感じられるようになったそうだ。

そして二人は結婚し、昨年の夏にはお子さんが生まれた。えもてんさんとおりんさんが作り、2年間大事に守ってきたしょぼい喫茶店の常連客だった私たちも結婚し、子どもを授かることとなった。

結婚後、私も精神が安定し、大量に飲んでいた薬を飲むこともなくなり、病気は快方に向かっている。結婚当初、定職についていなかった夫は、しょぼい喫茶店の開業資金

100万円を出資した木村さんが新たに興《おこ》した会社で、動画編集の技術を買われ、正社員として働かせてもらっている。

ここでは普通のレールに乗って生きることができなかった人たちが、支え合いながら生活している。もちろんまだまだ道半ばで、完全に安定しているとは到底言えないけれど、普通に生きることができず、一度は人生に絶望してしまった人々が、それぞれもがきながらも、小さな幸せを感じながら過ごすことができている。

私は有難いことに、今幸せを享受することができているが、ここで終わらせず、幸せを連鎖させていかなければならないと思っている。一連の出来事で、幸せというものは連鎖すると感じることができた。誰かが感じている幸せが、側にいる人に影響を及ぼし、その人も幸せになるために行動し、その結果幸せになるという連鎖が確かに存在する。今私が感じている幸せが、誰かに影響を及ぼし、また幸せになる人が現れたら、それほど嬉しいことはない。

私が幸せになれたのは、本当にたくさんの人たちの支えのおかげだ。その中の誰一人が欠けても、今の幸せに辿り着くことはできなかった。

だから、今度は私たちが支える側になっていきたいと思う。そうして幸せをどんどん連鎖させていきたい。まだまだ自分たちのことで精一杯なので、道のりは長そうだ。でも、いつか誰かの支えになれるように頑張っていこうと思う。

ＡＤＨＤでも、毒親に育てられたとしても、今がどんなに不幸でも、幸せになることはできる。

20年間普通に生きることができず、社会から孤立し、親の価値観に縛られていた私は、普通に生きられない限り幸せになることなんてできないと思っていた。だから、私は一生幸せになることなんてできずに人生が終わるのだと思っていた。

それでも、幸せになりたいと思い、自分にとっての幸せを模索しながら、そこに向かって少しずつ歩み始めたおかげで、今では毎日幸せを感じながら生きることができている。

普通に生きられないからといって、幸せになることができないわけではないのだ。

今思うことは、真っ暗で先が見えないトンネルにもちゃんと終わりがあって、いつかそこに辿り着けるということだ。真っ暗なトンネルにいる時は、もうこの状態がずっと続くんじゃないかという絶望しか感じなくなってしまうけれど、いつか終わりがきて、光が見える。だから、大事なことは光を目指して歩き続けることなのではないかと思う。ずっと暗いトンネルの中にいてはいけない。そのままでは最悪、死に至ってしまうかもしれない。

どんなに暗いトンネルの中にいても、光を目指して歩みを進めることをやめないで欲しい。いつかきっと光に辿り着けると思うから。

あとがき

この本を執筆している時、私はちょうど息子を妊娠中だった。

2ヶ月続いたつわりがようやく治まってきた頃、本を執筆してみませんかと編集者の安藤聡さんに声をかけられた。一昨年に書いた「親に黙って入籍したら人生最大の修羅場が訪れた話」というブログがバズってからというもの、私の結婚のことを中心とした本を書いてみたいと考えることはあった。

ただ、本当に書籍化のお話をいただけるとは夢にも思っていなかったので、とても驚いた。

ブログを書き始めるまで、周りから文章がうまいと褒められたことはなかったし、ブログがバズったことにさえかなり驚いていたのに。

書籍化が正式に決定してからは、毎日原稿と格闘する日々だった。正直こんなに大変だとは思っていなかった。ブログは割とスラスラ書けていたのだが、本を書くとなるとそうはいかない。

一向に原稿が進まない時期もあり、正直もう本を書くのを諦めたいと思ったこともあった。

ただ、妊娠中だったため、出産する前に書き終えたいと思っており、その思いからなんとか頑張ることができた。幸い、つわりが終わってからは私の体調はずっと安定しており、お腹の中の息子も順調に成長してくれていた。

出産については、当初は実家ではなく2人の家の近くで出産し、退院後は2人で育児しようと決めていた。

しかし、育児の不安と母親の説得により、出産直前になって里帰り出産することを決める。出産自体は安産だったが、産後不眠と身体的疲労と様々なストレスにより、また強迫性神経症の病状がかなり悪化してしまい、ついには「子どもなんて産まなければよかった」と思うようになってしまった。

そのことが原因で、当初の予定より大幅に早く里帰り出産を切り上げ、出産してからわずか3週間で家に帰ってきてしまう。

何も用意されていないグチャグチャな状態からのスタートだったけれど、夫の協力のおかげでなんとか生活していくことができた。

今は「子どもなんて産まなければよかった」という気持ちはまったくなくなり、毎日息子を可愛いと思いながら生活できていて、心から「産まれてきてくれてありがとう」と思っている。息子は本当にいい子で、夜はよく寝てくれるし、特に大きな問題もなくすくすくと成長している。

やはり里帰り出産なんてせず、家の近くで産んで最初から2人で育児すればよかったのではないかと思われるかもしれない。

でも、私は別にそうは思わない。

出産と育児についての知識と経験がある母親が近くにいて、色々なアドバイスをしてくれたおかげで安産だったのだと思う。

産後に関してもそうだ。赤ちゃんについては、最初は本当に何も分からない。3週間実家にいたことで、一通りやるべきことや赤ちゃんの様子が分かったからこそ、家に帰ってもなんとか育児していくことができたのだと思う。

また、里帰り中は、親がいつも私のことを思って行動してくれていたということを痛感した。それと、その私を思っての行動が裏目に出てしまい、逆に私にとっては辛くなってしまうということも。

親はこんなに私のことを思ってくれているのに、なんで私たちはうまく噛み合わないんだろうという歯痒《はがゆ》さと悔しさで、実家にいて1人で泣くこともあった。

そして、どうやら私たちの気持ちが通じ合い、お互いの望み通りに生きていくことは永遠に叶わないらしいということをやっと理解した。

私たちはどんなに思い合っていても、絶対に噛み合うことのない親子なのだ。

なんでそうなってしまうのかはまったく分からないが、どうしてもそうなってしまう。

だから、親とは少し距離をおき、連絡を取り合い、私と私の息子が元気で過ごしていることを報告し、たまに会いにきてもらうという関係が私たちにとっては一番よいということが分かった。

母親は頻繁に会いに来たいみたいだけど、それだと私も夫も疲れてしまうので、たまにがちょうどいい。それでも、母親は孫を見ることができて嬉しいみたいだし、私も母親に孫を見せてあげることができて嬉しいと思っている。

息子は毎日少しずつ成長していて、その成長を見るのがとても楽しい。

ただ、もうすぐ4ヶ月だというのに首が据わっていない。私の子だから、発達障害の可能性は高いと思うし、発達が遅くてもいずれはできるようになるのだからあまり気にしないでおこうと息子を出産する前から思っていた。

しかし、保育園の入園説明会に行った時、クラスの担任の先生にまだ首が据わっていないことを伝えると、少し発達が遅いのではないかと思われてしまった。

直接「発達が遅いですね」と言われたわけではないが、話をしている中で、そう思っていそうな雰囲気を感じた。

その時に私は少し落ち込んでしまい、それと同時に、息子はこれから家庭の外では常に「普通」を求められ、少しでも「普通」と違うと、とがめられたり、変な風に思われてしまうのかもしれないということを理解した。

私がずっとそうだったように。

そう考えると、息子に少し申し訳ない気がしてきた。もし、息子が発達障害だったら、私と同じ様な苦難の道を歩ませてしまうのかもしれない。それはとても心苦しい。だから、せめて家庭内では息子を全面的に肯定し、普通とは違っていてもそれを決して責めないようにしたいと思う。

息子が生きやすい環境を整えることに全力を尽くしたい。

そのために他人から何か言われても気にしない強い心を持ち、適切なサポートに結び付けてあげられる知識と行動力を身につけなければならないと思っている。まだ息子が普通ではないと決まったわけではないけれど、そうだとしても全てを受け入れてあげられる母親になりたい。

私の人生が大きく変わるきっかけとなり、さらに本を執筆するきっかけとなったしょぼい喫茶店は、開店からちょうど2年経った2020年の2月29日をもって閉店した。

もし、しょぼい喫茶店がこの世に存在していなかったら、私が夫と結婚することも、本を出版することも、可愛い息子に出会うこともなかっただろう。私の第二の人生をスタートさせてくれた大切なお店だ。

そんなお店を作り、試行錯誤しながらお二人で力を合わせて経営し、大切な場所を守り続けてくださったえもてんさんとおりんさんには、本当に感謝の気持ちしかない。閉店してしまい、非常に残念な気持ちもあるが、これからはえもてんさんとおりんさんが昨年産まれた可愛い娘さんと楽しく幸せに暮らしていけることを切に願っている。

私のブログやツイッターを見て、その半生を本にしたいと声をかけてくださった編集者の安藤聡さん、編集を引き継いでくださった深井美香さん、本当にありがとうございました。

文章をほとんど書いたことのない素人の私は、うまく書けるか不安だったのですが、丁寧で的確なアドバイスのおかげでなんとか1冊の本にまとめることができたと思っています。

自分の半生を書いた本をたくさんの方に読んでもらえる機会をいただけたことはとても幸せなことです。

生きる意味はなんなのかと考え続けていた私ですが、この本を読んで勇気をもらったり、元気付けられる人がいるのなら、それが私の生きる意味になると思います。

最後に、いつも支えてくれる夫、両親、夫の職場の方々、こんな私のもとに産まれてきてくれた可愛い息子、そして、この本を手に取って読んでくださった皆様に、心から感謝致します。

安藤まな

安藤まな（あんどう・まな）
1997年東京都生まれ。主婦。幼少期から登校拒否、落第寸前などを繰り返し、大学在学中に発達障害の診断を受ける。なんとか「普通のレール」に乗ろうという強迫観念から日々もがき続けるも、結婚し養ってもらうことで生きることを決意。当時気になっていた男性とお付き合いをせず、親に黙って交際０日で入籍。その後始めたブログで、発達障害、毒親、結婚のエピソードが大きな反響を呼ぶ。今作が初の著書。

発達障害《はったつしょうがい》で普通《ふつう》に生《い》きられなかったわたしが
交際《こうさい》0日《にち》で結婚《けっこん》するまで

2020年4月30日　初版

著　者　安藤まな

発行者　株式会社晶文社
東京都千代田区神田神保町 1-11　〒101-0051
電話　03-3518-4940（代表）・4942（編集）
URL http://www.shobunsha.co.jp

印刷・製本　ベクトル印刷株式会社

ISBN 978-4-7949-7174-6 Printed in Japan

好評発売中

レンタルなんもしない人のなんもしなかった話　レンタルなんもしない人

ただ話を聞く、行列に並ぶ、行けなかった舞台を代わりに見る……なんもしてないのに、次々に起こる、ちょっと不思議でこころ温まるエピソードの数々。「なんもしない」というサービスが生み出す「なにか」とは。サービススタートから半年間におこった出来事をほぼ時系列で(だいたい)紹介するエッセイ。

レンタルなんもしない人の“もっと”なんもしなかった話　レンタルなんもしない人

においをかいでほしい、「となりのトトロ」を歌うので聞いて欲しい、降りられない駅に行ってほしい、仏像になりたいので見守ってほしい……2019年2月から2020年1月のドラマ化決定までの約1年間に起こった出来事を時系列で紹介。今回も引き続きなんもしてません。

わたしはなにも悪くない　小林エリコ

精神を病んだのは、貧困生活に陥ったのは、みんなわたしの責任なの?うつ病、貧困、自殺未遂、家族との軋轢、周囲からの偏見のまなざし……幾重にも重なる絶望を生き延びてきた。苦難のフルコースのような人生を歩んできた著者が、同じ生きづらさを抱えている無数のひとたちに贈る「自分で自分を責めないで」というメッセージ。

しょぼい生活革命　内田樹・えらいてんちょう(矢内東紀)

「もののはずみで家族になる」、「国家が掲げる大義名分より仲間が大事」、「欲しいものがあればまずそれを他人に与えるところから」……など、仕事、結婚、家族、教育、福祉、共同体、宗教……私たちをとりまく「あたりまえ」を刷新する、新しくも懐かしい生活実践の提案。世界を変えるには、まず自分の生活を変えること。熟達の武道家から若き起業家へ、世代間の隔絶を越えて渡す「生き方革命」のバトン。

ありのままがあるところ　福森伸

できないことは、しなくていい。鹿児島県にある「しょうぶ学園」は1973年に誕生した、知的障がいや精神障がいのある方が集まり、暮らしている複合型の福祉施設。どのような歩みを経て、クラフトやアート作品、音楽活動が国内外で高く評価される現在の姿に至ったのか。人が真に能力を発揮し、のびのびと過ごすために必要なこととは?「本来の生きる姿」とは何かを問い直す。

しあわせとお金の距離について　佐藤治彦

大きな問題から小さな問題まで、人生100年時代のお金としあわせの距離を測る。自分の人生を楽しく生き切った、そう思えるように、私たちがほんとうに準備しなければならないことがわかる本。